Rのつく月には気をつけよう

石持浅海

祥伝社文庫

Rのつく月には気をつけよう

目次

CHARDONNAY
Chardonnay
Russian River Valley
SAPPORO
生
BOWMORE
12

PIPER
CHAMPAGNE BRUT
COGNAC
GRANDE CHAMPAGNE
純米吟醸

Rのつく月には気をつけよう

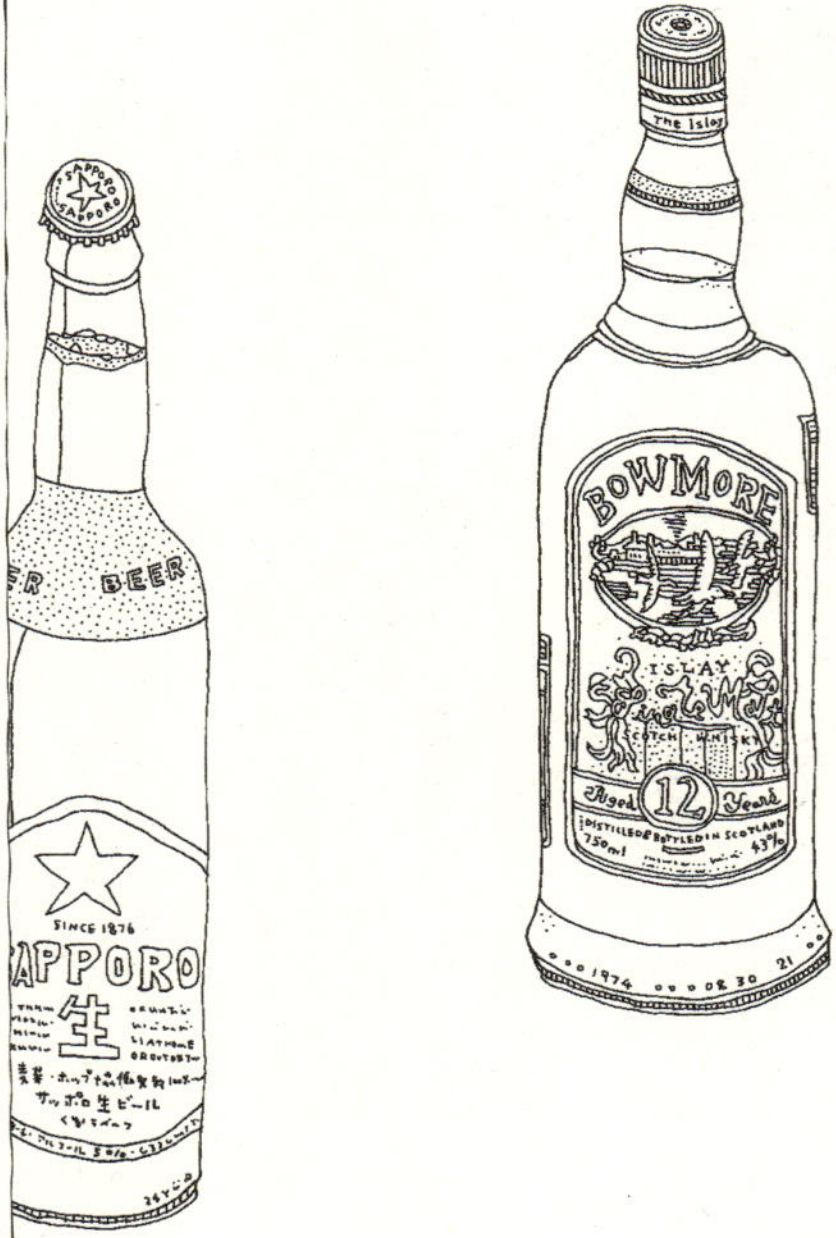

いつかはやろうと思っていて、その気になればすぐにできることで、でもまだやったことがない――。

誰しもそんな懸案事項を、ひとつは持っているのではないだろうか。長江高明《ながえたかあき》のそれは「シャワートイレの『ビデ』ボタンを押してみること」だそうだ。確かにその気になればすぐにできることだけれど、ほとんどの男性は実行したことはないだろう。

わたしの場合はもう少し高尚で、「生ガキをお腹いっぱい食べること」だ。ニューヨークのオイスター・バーで決行すれば相当な出費になるだろうが、日本の家庭で実行する分には、さほどの金額にはならない。外へ一回飲みに行くよりも安いくらいだ。給料日にでも実行すればよさそうなものだが、なんとなくできなかった。まあ、だからこそ懸案事項なんだけど。

そんな十一月のある日、長江からメールが入った。

『今日のチラシに、近所のスーパーで週末に生食用カキの特売をすると書いてあった。大量に買っておくから、ウチで生ガキパーティーをやらないか？』

断る理由はなかった。

わたしの目の前には、文字どおり丼《どんぶり》いっぱいの生ガキが置かれていた。プラスチックのパックに入った生ガキをささっと洗って、よく水気を切って盛っただけだ。これほど大量に存在すると、もはや生ガキという感じはしなくなってくる。それでもここにあるのは間違いなく生ガキだ。そしてテーブルの真ん中にウィスキーのボトルが一本。「生ガキに合わせよう」と用意された、スコットランドはアイラ島のシングルモルトだ。今回は磯《いそ》の香りがするアイラの酒で、磯の香りがする生ガキをたらふく食べようという趣向らしい。

「どうだい？」

パーティーの発起人、長江高明がわたしに感想を求めてきた。

「見ただけでお腹いっぱいになったとか」

熊井《くまい》渚《なぎさ》が茶々《ちゃちゃ》を入れてくるが、残念ながらわたしは『芋粥《いもがゆ》』の主人公ではない。

「とりあえず、食い尽くす」

わたし——湯浅夏美は眼鏡を光らせてそう宣言した。隣に座る黒髪の美女に視線を送る。今夜のゲスト、柏木一重《かしわぎひとえ》だ。

「一重はどう？　大丈夫そう？」

一重は静かに微笑《ほほえ》んだ。

「たぶん、大丈夫だと思う」

それを長江が聞きとがめた。「大丈夫って？」

「それがね」わたしが一重に代わって口を開いた。「一重は以前、カキにあたったことがあるのよ」

長江、熊井、そしてわたしは大学時代からの飲み仲間だ。就職先も全員東京だったから、卒業後も機会があれば集まって飲んでいる。ただ、いつも同じメンバーでは進歩がない。だからここ数年は、誰かが友達をゲストとして連れてくる習わしになっている。ゲストの目新しい話を聞いたり、意外な共通点を見つけて話が盛り上がったりするから、なかなか楽しい宴会になる。今回はわたしが会社の同僚である一重を誘ったわけだ。

「あたった？」

長江が怪訝《けげん》な顔をする。一重が困ったような笑顔を浮かべた。本人は眉が濃すぎるのが悩みというが、そんな彼女が少し眉根を寄せて苦笑すると、かなり魅力的だと思う。

「ええ。とんでもない目に遭《あ》いました」

「そりゃそうだ」

熊井が重々しくうなずいた。熊井は食品会社に勤めているから、食中毒についての情報は持っている。

「カキはSRSV——今はノロウィルスっていうのか——を持っていても、味や匂いが変わるわけじゃないからね。気づかずに食べてしまうのは仕方がない。食べた人の体力や健康状態にもよるけれど、腹痛、嘔吐《おうと》、下痢が続いて苦しむことになる。それでも若い人だと死ぬようなことはない。もっと怖いのは貝毒だ。有毒プランクトンが貝の中に棲《す》み着いて、フグ毒に匹敵する毒物を産生するから、食べると死に至ることもある。だけど、こっちはもし発生していたとしても、出荷前の確認作業で発見される。自分で採《と》ってきたものでもないかぎり、知らずに消費者の口に入ることは、まずない。だから柏木さんも、ノロウィルスにやられたんだろうね」

気持ち悪い食中毒の話を延々とした後、熊井はわたしをじろりと見た。

「そんな経験をしたのなら、柏木さんは生ガキを敬遠しているんじゃないのか？　夏美は、そんな人にカキを無理強《じ》いするつもりか？」

「熊さん、わたしの人格が疑われるような発言はやめてくれる？」

わたしは下唇を突き出した。「今日は一重のたっての希望なんだから」

「そうなんです」一重もうなずいた。「熊井さんの言うとおり、わたしは以前あたって以来、カキは敬遠していたんです。けれどあたる前までは好物でしたから、どこかのタイミングでカキを食べて、トラウマに打ち勝たないと、人生の楽しみをひとつ失うことになると思ってたんです。そうしたら夏美から週末にカキを食べる会をするって聞いたから、いい機会だと思って、お邪魔させていただいたんです」

「なるほど」一所懸命説明する一重に、長江が感心したように腕組みをした。「なんて前向きな人だ。とても夏美の友達とは思えん」

「長江くんにだけは言われたくない」

わたしの反論に再反論はせずに、長江は話を進めた。

「そういうことなら、今日はリハビリですね。柏木さんは生ガキは少しにしておいて、後は火を通したものを用意しましょう。蒸したカキも悪くはないですよ」

長江は一重の丼から生ガキを数個小皿に取り分け、残りを台所に持っていった。蒸し機能のついた電子レンジに入れる。本当に気の利《き》く奴だ。わたしの友人の中でも抜群に幹事向きの人材だと思う。悪魔が裸足《はだし》で逃げだすほどの頭脳を持っているくせに、表向きは人畜無害の愛想良しを通している。一重もすっかりそれにだまされているようで、長江に向かって「ありがとうございます」と頭を下げた。

長江は現在、三階建ての三階にある、小さなワンルームマンションに住んでいる。いかにも手狭《てぜま》に見えるけれど、独身だからこのくらいでちょうどいいのだそうだ。ただ、いつもは小さなちゃぶ台で一人食事をするものだから、四人で囲めるようなダイニングテーブルがない。だから今日のような宴会の際には、フローリングの床を傷《いた》めないようにレジャーシートを敷いて、その上にキャンプ用のテーブルと椅子《いす》を広げている。ピクニックみたいで楽しいという言い方もできるけれど、安っぽい印象は否《いな》めない。

「では始めましょうか」

わたしはおごそかに宣言した。ゲストを連れてきた人間が飲み会を仕切ることになっているのだ。

熊井がウィスキーの栓《せん》を抜いた。カモメのイラストが入った白いラベル。ボウモアの十二年ものだ。「アイラの中でも、比較的バランスのよいタイプだよ」と熊井が説明してくれた。酒を選んだのは今回も熊井だ。わたしも飲んだことはあるけれど、生ガキに合わせたことはない。熊井が四つのショットグラスにボウモアを注《つ》いだ。

目の前には四つの小皿がある。空《から》の皿。粟国《あぐに》島の塩が載った皿。レモン汁の入った皿。そしてぽん酢醤油の入った皿。いろいろな味わい方を楽しもうということらしい。わたしは丼からカキを箸《はし》でひとつつまみだし、空の皿に載せた。そして左手でショットグラスを握る。何もつけないままカキを口に入れて嚙《か》み、そのままウィスキーを一口飲んだ。

口の中に花が咲いた。

生ガキが持つ磯の香りは、どうしても生臭さを伴ってしまう。それをアイラの磯の香りとスモーキーフレーバーが消し去り、滋養に満ちた濃厚な味わいだけが口中で形になる。そう。わたしはこれをやりたかったのだ。

「うまいじゃん」熊井もため息混じりに言った。「スーパーのパックのカキでも、十分いける」

そのとおりだ。別に殻《から》付きの高級品である必要はない。ふたつめのカキをつまみながら、横目で一重を見た。一重は取り分けられた生ガキの中でも、もっとも小振《こぶ》りなものを取った。箸で持ち上げて、じっくりと見つめる。次に匂いをかいだ。やはり警戒しているようだ。貝柱の方から口に持っていく。前歯で三分の一だけかじり取った。奥歯でよく嚙み、ウィスキーを口に含む。ゆっくりと飲み込んだ。一瞬視線が泳ぎ、わたしに固定された。

「――おいしい」

おおーっと歓声があがる。一重は残りの部分も口に入れ、ためらいなく飲みこんだ。

「おいしい」一重はもう一度言った。「来てよかったです」

「それはなにより」

発起人である長江がホッとした表情を見せた。

「さ、食べてください。蒸しガキも、じきにあがりますから」

華やいだ雰囲気で宴《うたげ》は進んだ。わたしは望みどおり生ガキをお腹いっぱい食べるべく、休みなく箸を動かした。横で熊井が「食べ過ぎも感染性胃腸炎の元なんだけど」とつぶやいたが、気にしない。だいいち、当の熊井も同じように食べているのだ。

丼を半分空けたところでしばしカキ攻略を休憩することにして、長江が箸休めの海藻サラダを取り分けた。今日はあくまで潮の香りで統一するつもりらしい。

「柏木さんはカキにあたったということでしたが」

海藻サラダのボウルを流しに置いてから、長江がそう言った。

「どんな感じだったんですか？」

「それは大変でしたよ」

一重がアルコールで染まった頬《ほお》で笑った。だいぶうち解けてきたようだ。

「食べた日は何ともなかったんですけど、二日後くらいから風邪をひいたみたいになって、それからはもう、上から下から」

一斉《いっせい》に笑った。本来、若い女性にさせる話題でもないけれど、酒の勢いで無礼講《ぶれいこう》になっている。

「そりゃ間違いなくノロだ。潜伏期間が四十八時間もあるのはね。貝毒なら食べてすぐに症状が出る——病院には行ったんですか？」

熊井が尋ねる。一重は首を振った。

「行けなかったんですよ。動けなかったから。救急車を呼ぼうかと、本気で考えたくらいです。今考えたら電話で友達に助けを求めればよかったんですが、そのときはそんなことすら思いつかなくて。具合が悪くなってから三日後に、ようやく立ち上がれるようになったって感じでした」

「集団食中毒だったんですか？」

長江が笑顔を収めた。

「それならば保健所が入って、柏木さんも検査を受けたと思うんですが」

「いえ、それが」一重はまた困ったような笑顔を浮かべる。「やられたのは、わたしだけだったんですよ。そのときは仲間うちのお食事会でして、手料理だったんです。レストランで食べたわけじゃないから、保健所が出てくるような大騒ぎにはなりませんでした」

「まあ、同じものを食べても、発症する人としない人がいるのが、ノロウィルスの特徴だからね」

熊井がコメントした。長江はショットグラスを傾けかけたままの姿勢で止まっていた。

「ふう……ん」

長江が真面目な表情に戻っていた。

「柏木さん。そのときの様子を話していただけますか？　差し支《つか》えない範囲で」

一瞬、一重の表情が戸惑いに揺れた。

「ええ、かまいませんけど……」

「お願いします」

長江が一重のグラスにウィスキーを注いでやった。わたしたち三人はザルだが、一重も相当に酒が飲めるようだ。わたしたちと同じペースで、ストレートのウィスキーを飲んでいる。一重は新たな一杯で、唇を湿らせた。

「わたしがカキにあたったのは、一年前、以前同じ部署にいた先輩社員が家を建てたので、新築祝いに押しかけたときのことです。そこで奥さんの手料理を食べて、あたっちゃったんですよ」

一重は、現在はわたしと同じ原料購買部に在籍しているが、その前は営業部で営業事務を担当していた。ということは、その先輩社員とは営業部の人間だろう。わたしは営業部に知り合いはいないから、誰のことかはわからないけれど。

「出てきたのは、生ガキですか？」

長江が質問し、一重が首を曖昧《あいまい》に振った。

「生ガキとカキフライの両方がありました」

「カキフライ」

熊井が唸《うな》った。

「生ガキよりもカキフライの方がやばいという考え方もあるんだ。ノロウィルスは八十五度で一分間加熱すると死滅するといわれているけれど、カキフライは中までしっかりと火を通さない傾向があるからね。その方がおいしいから。しかも生食を考慮していない加熱用のカキを使って調理する。だからノロウィルスに汚染されたカキを生焼け状態で食べて、感染することがあるんだ。貝毒は熱では分解しないから、こちらはもっと怖いけど」

一重は熊井の話に目を大きくした。

「ああ、そうなんですか。でも食べたのは生ガキだけですから、カキフライが原因ではないと思います」

熊井がうなだれた。それを早く言え、と言いたげだった。一重はそれに気づかぬ様子で話を続ける。

「その場にいたのは五人です」

一重は目の前の海藻サラダをじっと見つめた。

「個人名を出すと差し障《さわ》りがありますから、仮名にさせていただきます。先輩社員で家主のコンブさん。奥さんのワカメさん。わたしと一緒に押しかけた、男性社員のヒジキさんと女性社員のメカブさん。それからわたしの五人です」

カロリーの低そうな面々だな、と熊井がくだらないコメントをした。

「駅からはちょっと離れているけれどきれいな一戸建てで、すごくいいお宅でした。わたしたちはきゃあきゃあ言いながら、家の中を見て回りました。最初は全員で見て回っていたんですが、滅多に行くことのない新築の建物にわたしたちはハイになって、そのうちに各自が勝手にうろついていました。主のコンブさんは鷹揚《おうよう》な人なので、後輩たちのぶしつけな振る舞いも、寛大に許してくれたんです。それどころか自分も家中をうろうろしながら、ヒジキさんやメカブさんに設計上苦労した点などを、自慢げに話していました」

「それはわかる気がするな」

わたしはそう言った。

「隣の部署に加藤《かとう》課長っているでしょ？　すごくいい人なんだけど、新築の家を微妙に自慢したがるのよね。もういい歳の加藤課長ですらそうなんだから、若いコンブさんが自慢したがるのもわかるよ」

一重はうなずいた。

「同感、同感。――それはともかく、その間、奥さんは昼食を作ってくれていたんです。わたしは手伝いましょうかって言ったんですけど、奥さんは水を張った洗面器の中から、砂抜きしていたらしいアサリとカキを取り出しながら、『お客様にそんなことをさせるわけにはいきませんから』と言って断られました」

まあ、そうだろうなと思う。旦那の同僚が遊びに来て、奥さんとしては格好の悪いところを見せるわけにはいかない。どんなに大変でも、一人でやろうとするだろう。

「いつ頃のことですか？」今度は熊井が質問した。

「一昨年の四月でした」

「四月」熊井はうなずく。「ちゃんとRのつく月だな。カキを食べるのに適している」

よく「カキを食べるのはRのつく月にしろ」と言われる。十二カ月を英文で表記すると、九月から翌年の四月までの綴《つづ》りにRがつく。そんな涼しい時期に食べると安全だよ、という先人の知恵だ。四月はAprilとRがつくから、カキを食べるのに適している。熊井が言っているのはそういうことだ。もっとも現代日本の流通事情を考えると、月よりもパッケージの消費期限を気にした方がいいと思うけれど。

「土曜日の午後、よく晴れて暑いくらいの日でした。広い庭にテーブルを出して、そこで食事をすることになっていました。ワカメさんは昼食の準備で台所と庭を行ったり来たりしているのに、コンブさんはワカメさんを手伝わずに家中をうろうろしていましたので、『奥さんがちょっと気の毒だな』と思ったのを憶《おぼ》えています」

確かに。わたしも結婚するのなら、家事を率先してやってくれる男性を選びたい。

「前菜が生ガキでした。『よく晴れた青空の下で、白ワインを飲みながら生ガキを食べる』という図式がワカメさんの意図だったようです。奥さんの狙《ねら》いどおり、雰囲気はよかったです。台所のワカメさんにそう言うと、『そうはいってもカキは全部スーパーのパックだし、アサリはもらいもの。全然たいしたことはないんですよ』と笑っていました。実際、ワカメさんは先ほど長江さんがされていたように、プラスチックのパックからカキをザルに移して、水で洗ってガラスの皿に取り分けていました。言葉どおり高級なカキではないのでしょうけれど、そのときの生ガキは、本当においしそうに見えました。もてなすというのは、こういうことなんだなと思いました」

まあ、少なくとも今わたしたちが置かれている状況よりは、風情《ふぜい》があるだろう。わたしがそう言うと、長江も熊井も無条件で同意した。一重は少し困った顔をする。

「調味料はちょうど今夜の食卓のように、瓶《びん》詰めのレモン汁やぽん酢醤油がありました。

ノンオイルのドレッシングもあって、コンブさんは『生ガキはそのままもおいしいけれど、シソ風味のドレッシングも意外と合うんだ』と言っていました」

なるほど。確かにおいしそうだ。ここにドレッシングがあったら、後で試してみよう。

「皆でセッティングされたテーブルにつきました。先ほども言いましたけれど、あたる前はカキが好物だったんです。ですから食事が始まったとき、わたしは誰よりも先にそれを食べました。ところが、それが間違いの元でした」

一重の口元が自嘲気味に歪《ゆが》んだ。

「わたしは勧められたとおり、シソ風味のドレッシングをつけてひとつ食べました。予想以上においしかったですよ。ところが当主のコンブさんが、口に入れたカキを吐き出して、味が変だと言いだしました。このカキは、ちょっと酸《す》っぱい気がすると」

酸っぱい。とすると、そのカキは傷《いた》んでいたのか。

「コンブさんは、最初の一個を何もつけずに食べようとしたんですね。それで気づいたらしいです。その場にいたヒジキさんもメカブさんも、食べようとしていたカキから、慌《あわ》てて手を引っ込めました。ワカメさんはまだ台所で料理をしている最中でしたから、コンブさんが口にする前に生ガキを食べたのは、わたしだけでした。そのわたしは、シソ風味のドレッシングをかけて食べたから、カキが酸っぱいかどうか、わからなかったんです」

ドレッシングは酸味があるから、確かにそれをかけたらカキの酸っぱさはそれに隠れてしまって、わからなくなるだろう。

「コンブさんはわたしに大丈夫か、と尋ねました。けれどわたしにはわかりません。食べたときは違和感はなかったけど、と答えるしかありませんでした。そのときわたしが気にしたのは、奥さんのワカメさんのことです。作った料理が傷んでいたなんて、主婦にとっては最大の失敗でしょう。だからわたしはかばうつもりで『大丈夫、変な味はしませんでした。おいしかったですよ』と言っておきました。嘘をついたわけではありません。本当においしかったから。けれどコンブさんは大真面目な顔で、このカキは怪しい、食べない方がいいと言いだしました。カキフライもできていたのに。でも当然でしょうね。何もつけていないのに酸っぱいカキを、お客に食べさせられるわけがありません。奥さんは大恥をかきますが、自分の家に招いたお客を食中毒にするわけにはいかないというのは、あたりまえの発想です。生ガキも、同じくカキを使ったカキフライも、食べられることなく捨てられました。その日は貝自体を食べるのもためらわれて、その後出てくるはずだったアサリのパスタも、普通のミートソースに変更されました」

「もったいない」

思わずわたしは言ってしまった。わたしは生ガキも好物だけど、アサリのパスタも負けずに好物なのだ。

「コンブさんとワカメさんはわたしの体調を気にされていましたが、その後二時間ばかりの滞在中は具合も悪くならなかったので『あたらなくてよかったね』で済みました。熊井さんの言われたウィルスの存在や、潜伏期間が二日間もあるなんて、その場の誰も知りませんでしたから。わたしは家に帰ってから症状が出たんです」

「それで、症状が出たことはコンブさんには？」熊井が厳しい顔をして尋ねた。食品会社の人間は、食の安全性に敏感だ。しかし一重は首を振る。

「言っていません。だって、新築祝いに招いた後輩が手料理を食べてお腹を壊したなんて、奥さんが知ったらものすごく落ち込むでしょうから。わたしは夫婦仲を悪くするためにお邪魔したわけじゃありませんし」

わたしは感心した。出された料理を食べてお腹を壊したら、普通相手を恨むものだ。少なくともわたしはそうする。けれど一重はワカメさんを恨まなかったのか。食あたりが一過性のもので、深刻なものではなかったからかもしれないけれど、人格者だと思う。わたしがそう言うと、その人格者は悲しそうに首を振った。

「でも三日間も会社を休んだから、ヒジキさんやメカブさんが勘づいたらしくて、彼らがコンブさんにわたしがノロウィルスにやられたと言ってしまったらしいです。お詫《わ》びの意思表示なのか、数日後に新築祝いの祝い返しという名目で、えらく高価な贈り物が届きました」

「それでうやむやですか」

熊井がまだ難しい顔をしている。

「柏木さんの気持ちも、コンブさんの気持ちもわかりますが、あまり感心しませんね。そのカキがノロウィルスに汚染されているものだったら、同じスーパーで売られた他のカキも汚染されている危険性があります。あなたが発症を公《おおやけ》にすることで、同じカキを食べた他のお客さんへのケアを迅速に行うことができたはずです」

「でも熊さん」

わたしは口を挟んだ。

「当時スーパーで買ったカキを食べて、食中毒が大量発生したなんて事件はなかったわよ。他のお客さんは大丈夫だったってことじゃない」

「まあそうだけどね」

そんなことはわかっている、とばかりに熊井は手を振った。

「姿勢の問題だ」

一重がすまなそうに頭を下げた。「すみません。今後気をつけます」

ゲストに謝られて、今度は熊井が恐縮した。「いえ、あなたを非難しているわけでは……」

非難してるって。熊井は学生時代から生真面目で言葉がきつかった。わたしや長江がことあるごとに直すよう指導したから、最近はかなり丸くなったけれど、今でもときおり言葉から針が出てくる。

「スーパーで売ってる生ガキって、きちんと衛生管理されているんだろうけど、それでもあたることってあるのね」

わたしは目の前の生ガキを見ながら嘆息した。

「気をつけなくちゃ」

「でも夏美は食べるのを止《や》めるつもりはない、と」

熊井の茶々に、わたしは胸を張って答えた。「当然でしょ」

「そうだね。それほど気にする必要はないだろう」

それまで黙っていた長江が口を開いた。

「そのスーパーだって、おかしなカキを売ったわけじゃないと思うよ。事実、食べてお腹を壊した人間は、一人もいなかったわけだし」

——え？

聞き流そうとして、わたしは引っかかった。一人もいなかった？　目の前にいるじゃないか。カキを食べて、あたった人間が。わたしはそう言おうとしたが、長江が一重の整った顔だちをじっと見つめているのに気づいて、言葉を発するタイミングを失ってしまった。長江がゆっくりと口を開いた。

「柏木さん。カキを食べてあたったっていうのは、嘘でしょう？」

ワンルームマンションは静まりかえった。わたしは長江の発言の意味がわからず、ただ戸惑っている。熊井はショットグラスを握りしめたまま硬直している。長江はじっと一重を見つめていて、一重は石膏像のように動かなかった。

「――ちょっと、揚子江《ようすこう》」

熊井が沈黙を破った。気に入らないことがあるとき、熊井は長江のことを「揚子江」と呼ぶ。「どういうこと？」

「どうもこうも」長江は一重から視線を外し、ウィスキーを飲んだ。「柏木さんの話を聞いていたら、たぶんそうだろうなと思っただけだよ」

「なんでよ」

わたしが質問した。意味あいは抗議に近い。ゲストを呼んで昔話をさせておいて、「それは嘘だろう」はないだろう。けれど長江は飄々《ひょうひょう》としたものだ。別に一重を非難している様子もない。

「熊さん」

長江は質問したわたしではなく、熊井の方に向かって口を開いた。

「今の柏木さんの話を聞いて、変に思わなかったのか？　そんなことじゃ、君の会社の製品を安心して食べられないぞ」

ひどい物言いだ。熊井は仏頂面《ぶっちょうづら》をしている。「何が言いたいんだ？」

「柏木さんの話には矛盾があるってことだよ。俺はそれに気がついた。柏木さんの話と、熊さんの話からね」

熊井はとっさに反応できなかったらしく、目をまん丸にして長江を見つめていた。長江は頭をかいた。

「いいかい？　柏木さんはコンブさんが酸っぱいと言ったカキを食べてあたったそうだ。その症状や潜伏期間から、ノロウィルスによる感染性胃腸炎だと考えられる。でも、熊さんはノロウィルスに汚染されたカキは、味や匂いでは判別できないって言っただろう？じゃあ、なぜ酸っぱいなんて、味で判断できたんだ？」

「あ……」わたしの口から、思わず声が漏れた。長江の言うとおりだ。

「そのカキは、ノロウィルスとは関係なく、傷んでいたのかもしれない。けれど味に出るくらいならば、それは腐敗だ。腐ったカキを食べたのなら、柏木さんはものの数十分でのたうち回っていただろう。そうなっていない以上、カキには異常はなかったんだよ。異常がないのに酸っぱかったカキとは、いったいどういうものなのだろうか。ここで柏木さんの話を思い出してほしい。テーブルには、この場と同じように、レモン汁が置かれていた――」

「揚子江は」熊井がやや態勢を立て直したようだ。落ち着いた声で言った。「コンブさんのカキには、レモン汁がかけられていたというんだね」

長江はうなずいた。

「そう。昼食の準備中、ワカメさんは台所と庭のテーブルの間を行ったり来たりしていた。コンブさんも来客たちも家中をうろうろしていたから、テーブルの周辺が無人になることもあっただろう。その隙《すき》を見計らって、コンブさんのカキにレモン汁を振りかけるのはたやすいことだ」

そうか。コンブさんは生ガキを何もつけずに食べようとしていた。何もついていないはずだと思い込んでいたから、レモン汁の酸味を異常と判断してしまったのだ。

「――いたずら？」

わたしがそう言うと、長江は曖昧にうなずいた。

「いたずらと言っていいかもしれない。けれど、ただのいたずらにしちゃ、たちが悪すぎないか？　前菜の生ガキだけじゃなく、その後に出てくるはずのカキフライも、アサリスら廃棄されたんだぜ。軽い気持ちのいたずらなら、そうなる前に白状して、場を盛り上げただろう。ところが誰も申告せず、コンブさんとワカメさんは大恥をかいた」

「とすると、誰かがコンブさん夫妻に対する嫌がらせをした、と……？」

熊井が苦々しげに言った。わたしはそっと一重を見る。一重は唇を強く噛んだ。ところが長江は首を傾《かし》げる。

「そう考えることもできる。けれど、それで済ませるには、その会食には変なところが多すぎる。もう一段、ウラがありそうだ」

「ウラ？」

長江はまたウィスキーを飲んだ。

「柏木さんの話を整理してみようか。柏木さんは同僚二人と、先輩社員の家に遊びに行った。そこで出てきた生ガキを食べたけれど、そのカキが酸っぱいと先輩社員が言いだした。そして安全のためにカキは食べられることもなく、廃棄された。その場はそれで済んだけれど、二日後に柏木さんは発症して一人で苦しんだ。――そういう流れだった」

わたしは頭の中で一重の話を反芻《はんすう》した。長江の要約は、間違っていない。

「こうやって俯瞰《ふかん》してみると、興味深い事実に気がつく。先輩社員の新築祝い。その場には五人の人間がいた。みんな一緒に昼ご飯を食べた。それなのに、行動が妙に個人的なんだ。生ガキが酸っぱいと言ったのは、コンブさん一人。そして生ガキを食べたのは、柏木さん一人なんだ。コンブさんは口には入れたけれど、吐き出したから食べてはいない。ヒジキさんもメカブさんも、箸を引っ込めたから食べていない。ワカメさんも、パックから出して洗っただけの生ガキを、わざわざ味見したりはしないだろうから、食べていないだろう。その場では自然な流れだったように見えるけれど、五人もいるのにそれぞれを経験したのが一人だけだということに、引っかかるものを感じた。何か作為がありそうだ。そこで柏木さんの話をもう一度詳しく思い出してみたんだ。そうしたら、見つかった」

「見つかった？　作為が？」

「そう。ただしそれは、いたずらした側でなく、された側に見つかった」

「された側――」

それはつまり、コンブさん夫妻の側ということか。わたしが確認すると、長江はうなずいた。

「ワカメさんは一人で五人分の昼食を作っていた。大変そうだからと柏木さんが手助けを申し出ても、お客さんに手伝わせられないと断る。自然な行為だ。それ自体にはおかしなところはない。だけど、その場で柏木さんが見聞きしたことが、作為の存在を示している」

　長江がわたしと熊井を見たが、二人とも無反応なのに、失望したような顔をした。

「柏木さんの話では、ワカメさんは『カキはスーパーのパック品だ』と言っていたらしい。事実柏木さんの目の前で、パックからザルに空けて、水で洗っていた。けれどその前に、手伝いましょうかと台所に入った柏木さんは、砂抜きしていたらしいアサリと一緒に、水を張った洗面器にカキが入れてあったのも目撃している」

「え、えっと……」

　そうだっただろうか。わたしは懸命に思い出そうとする。はっきりしなかったから、一重を見た。彼女は緊張した面持《おもも》ちでうなずいた。熊井も思い出したらしく、唇をきゅっと閉じた。

「柏木さんが見た、ふたつの光景。パックから出したカキと、洗面器に入れてあったカキ。カキは二種類存在した。なぜか。ワカメさんは、料理に二種類のカキを使ったのか。たとえば、生ガキとして食べるには生食用のカキが必要だけど、カキフライにするにはより安価な加熱用で十分だから、分けて使ったとか。そうも考えたけれど、それならば生ガキが傷んでいるからといってカキフライまで捨てる必要はない。では、どんなふうに使い分けたのだろう。俺はこんなことを考えてみた。ワカメさんは、コンブさん用とお客さん用に分けて使ったのではないか、と」

一重の身体がびくりと震えた。

「それって、どういうこと？」熊井が身を乗り出した。「ワカメさんは、お客用にいいカキを出して、ホストであるコンブさんにはしょぼいカキを出したってこと？　あるいはその逆か」

長江は首を振った。

「その可能性もあるけれど、おそらくもっと深い意味がある。熊さんも思い出してほしい。片方のカキは、アサリと一緒に水を張った洗面器に入れられていた。アサリの方は理解できる。一晩くらい塩水に浸けて、砂抜きをしなければならないから。では、殻から取り出した状態で売っているパックのカキに、砂抜きが必要なのだろうか？」

熊井が一瞬口を閉ざした。「……必要ない」

「そう。必要ない。流水で洗えば済む。それならば、なぜワカメさんはアサリと一緒にカキを洗面器に入れておいたのか。ここで考えなければならないのは、アサリの出自《しゅつじ》だ。ワカメさんは、アサリはもらいものだと言っていた。砂抜きしなければならない生きたアサリを人にあげるとは、どういうことなのか。おそらくお裾分《すそわ》けだろう。ことが起きたのは四月。その時期にアサリといえば、わかるだろう?」

わたしの頭に閃《ひらめ》くものがあった。

「そっか。潮干狩《しおひが》り」

長江はうなずいた。

「そうだと思う。ワカメさんは知り合いから、潮干狩りで採ってきたアサリをもらった——俺はそういうふうに考えた。そこで思い出したのが、熊さんが言っていた貝毒の話だ」

宴会が始まる前の、熊井の話。わたしも思い出していた。『もっと怖いのは貝毒だ。有毒プランクトンが貝の中に棲み着いて、フグ毒に匹敵する毒物を産生するから、食べると死に至ることもある。だけど、こっちはもし発生していたとしても、出荷前の確認作業で発見される。自分で採ってきたものでもないかぎり、知らずに消費者の口に入ることは、まずない』——。

「自分で採ってきたアサリは、貝毒に汚染されている可能性が、ある……」

熊井が呆然《ぼうぜん》として言った。

「その可能性がある」長江は繰《く》り返した。「きちんとした潮干狩りの会場だと、貝毒汚染もないように管理されている。けれどどこで採ってきたかわからない貝は、おっかない。かといって、くれた人にまさか『どこで採ってきたんですか』なんて、疑り深そうに聞けないしね。ワカメさんは処分に困った。そこで彼女は活用法を思いついたんだ。もしこのアサリが汚染されていたら、砂抜きをしている間に貝毒も吐き出す。そこにカキを入れておいたら、そのカキに貝毒が付着するのではないか」

背筋に悪寒《おかん》が走った。長江は何を言いたいのか。わたしの背筋はそれを理解したのだ。

「ワカメさんは、コンブさんに貝毒を食べさせようとした……」

熊井が、ようようのことで言った。長江は沈痛な表情を見せた。

「健康な成人男性がノロウィルスに感染したところで死にはしない。けれど貝毒は別だ。死に至ることもある。もしコンブさんが貝毒が原因で死んだとしたら、警察はどう判断するだろう。コンブさんはその直前に生ガキを食べている。たまたま検査をくぐり抜けた、貝毒に汚染されているカキを食べたことが原因の事故だと判断されないだろうか。もちろん来客も生ガキは食べているが、ひとつのカキが汚染されているからといって、他の個体も汚染されているとは断言できない。運が悪かった、で済ませられる可能性はないだろうか」

「……」

「たぶん、ワカメさんはアサリのパスタを出すつもりなんて、はじめからなかったと思うよ。だからこそ、ミートソースを前もって準備していた。もちろん、アサリが貝毒に汚染されている証拠はどこにもない。仮に汚染されていたとしても、同じ洗面器に入れたからといってカキまでも貝毒に汚染される可能性は極めて低い。ワカメさんはそれでもよかった。『ひょっとしたらコンブさんが死んでくれるかも』という、淡い期待を込めた行為だったんじゃないだろうか。俺はその夫婦に直接会ったことはないし、俺自身が独身だから、夫婦間の機微というものもよくわからない。けれど、家を建てるというのは、結婚して数年後にやることだろう。その時期は、ちょうど倦怠期《けんたい》にあたるのかもしれない。ふと相手が嫌になり、いなくなってくれないかと無意識のうちに思うような時期に」

「………」

わたしは言葉を発することができなかった。一重の話から、ワカメさんには「働き者で気の利く、できた奥さん」というイメージが、わたしの中でできあがっていた。ところが長江の話によって、それががらりと変わった。毒の入った料理を夫に出す、思い詰めた主婦像へと。

しかし熊井が異論を唱えた。

「揚子江の話は、気に入らないな。揚子江の話が正しかったのなら、なぜワカメさんはアサリを直接食べさせないんだ？　その方が確実だろうに。それに、どうして柏木さんやヒジキさん、メカブさんなんて他人のいるところで実行する必要があるんだ？」

しかし長江は動揺しなかった。

「理由は簡単だ。もしコンブさんの死亡が現実のものとなり、アサリが原因ということになれば、アサリをくれた人に迷惑がかかるからだ。誰もそんなことは言わなくても、その人は自分がコンブさんを殺したと感じるだろう。ワカメさんはそれを避けたかった。それからもうひとつ。コンブさん一人に料理を出したときにコンブさんが死ねば、嫌でもワカメさんが疑われる。ところがお客さんを招いて大勢での昼食であれば、事故の印象が高まる。そういうことだよ」

「……」

熊井は反論できずに黙り込んだ。長江の話には説得力があった。ワカメさんには、無関係な人を犠牲にしてまで夫を殺そうという意志はなかった。だからアサリをくれた人に迷惑をかけることは避けたかっただろう。またワカメさんには、コンブさんの食事を作るのは自分一人だという自覚があっただろうから、コンブさんの中毒死はイコール自分が犯人だと連想されるという危機意識もあったのだろう。彼女は、それを避けたのか。だからこそ、二種類のカキを用意するという手の込んだ方法を考えたのか。

少し間を開けて、長江は話を再開した。

「そんなことでコンブさんが死ぬ可能性は、限りなくゼロに近いだろう。でもゼロではない。だからワカメさんは実行した。そしてそれに気づいた人がいた。——柏木さん、そうですね？」

わたしは一重を見た。一重は顔を青白くしたまま黙っていた。長江は返答を待たずに、話を続けた。

「柏木さんは台所でアサリとカキが同じ洗面器に入れてあるのを見た。そしてそのことが持つ意味に気づいた。俺が今辿《たど》ったものと同じ道筋を通って。可能性はゼロでないことも知った。柏木さんはコンブさんが生ガキを食べることを阻止したかった。そこで思いついたのが、カキが傷んでいる可能性に言及することだった。しかし客である自分がそれをやるわけにはいかない。家主自らにさせる必要があった。そのためにテーブルが無人になったタイミングでそっと近寄り、コンブさんの生ガキにレモン汁をかけた。それが功《こう》を奏《そう》して、コンブさんは生ガキを食べなかった。あなたの行為によって、限りなくゼロに近かったコンブさんが中毒する危険性は、完全にゼロになった。——柏木さん。ひょっとしてあなたは、コンブさんが好きだったのではないのですか？」

驚いてわたしは一重を見た。彼女が妻のいる男性を好きだったって？　一重は黙っていた。ただショットグラスを握りしめていた。

「ちょっとそれは飛躍しすぎじゃないの？」

熊井が口を挟んだ。「女性が男性を助けたから、即好きだったっていうのは」

「うん」呆《あき》れたことに、長江は素直にうなずいた。「俺もそう思うよ」

「じゃあ、どうして――」

「俺がそう考えたのは、柏木さんが『カキにあたった』からだ」

「えっ？」

意味がわからなかった。長江は小さく息をつく。

「俺が柏木さんがあたったことを嘘だと考えたのは、コンブさんを貝毒から守った柏木さんがノロウィルスに感染するなんて、できすぎだと思ったからだ。それでは出来の悪いメロドラマだ。ではなぜ柏木さんはあたったなどと嘘を言ったのか。俺はこう考えたんだ。それは、コンブさんに対するアピールだったんじゃないか。わたしは身を挺《てい》してあなたを守りましたよ、と。けれど家庭を持っているコンブさんに、面と向かってそんなことは言えない。だからヒジキさんやメカブさんを介して、婉曲《えんきょく》に伝えた。片想いしている女性の、精一杯の訴えかけがそれだった」

一重は下を向いていた。握りしめたショットグラスの中で、アイラ島のウィスキーが揺れた。長江も視線を落とした。

「だけど、柏木さんは報《むく》われなかった。コンブさんは、柏木さんのアピールによって、真実を知ってしまった。後輩たちからノロウィルスと聞かされて、調べてみたんだろう。そうしたら、自分の記憶と矛盾があることに気づいた。ノロウィルスを持っていても、カキの味は変わらない。でも、自分のカキは味がおかしかった。なぜか。考えた結果、柏木さんが自分にカキを食べさせないために何かしたのではないかと思い至った。そしてその目的も。カキを用意したのは妻。柏木さんは妻が料理に何かしたのを見てしまったのではないか——。その後夫婦間でどんな話し合いがなされたかは知らないけれど、彼らは別れたりはしなかった。その証拠に、柏木さんに贈り物が届いた」

『お詫びの意思表示なのか、数日後に新築祝いの祝い返しという名目で、えらく高価な贈り物が届きました』。一重はそう言った。真実は、そうではないというのか。

「えらく高価な。柏木さんはそう表現した。最初は俺もお詫びの印《しるし》と思ったけれど、ひょっとしたら違うんじゃないか。高価な。それはつまり、口止め料の意味合いが強いように思えた。ワカメさんがやったことを、自分は公にするつもりはない。これからも自分はワカメさんと生きていく。だから君も黙っていてくれ、と。コンブさんの結論を知ったときから、柏木さんはカキが食べられなくなった。それはあたったことによるトラウマではなく、失恋の記憶を呼び起こすから」

長江の話は終わった。みな黙り込んでいた。一重のショットグラスに、波紋が起こった。彼女の涙が、ウィスキーの上に落ちたのだ。当時のことを思い出したのだろうか。その涙が、長江の話がすべて真実を突いていることを証明しているような気がした。

ふうっと、息をつく音がした。長江だった。長江は優しい表情で一重を見つめていた。

「けれど、それから二年が経ちました。柏木さんはもう吹っ切れたんじゃないですか？　だから夏美が生ガキパーティーなんてバカな企画を話したとき、参加する気になった。――そうでしょう？」

一重がゆっくりと顔を上げた。まだ瞳は涙で濡れていたけれど、その表情は晴れ晴れとしていた。彼女は箸を握ると、わたしの丼から生ガキをひとつ取って、口に運んだ。よく噛んで、ウィスキーで飲み下す。一重は濃い眉毛を寄せると、長江に向かって笑顔を作った。

「おいしい」

夢のかけら　麺のかけら
CHARDONNAY
Lennox Vineyards
2003
Chardonnay
Russian River Valley
750ml
BEER BEER
SINCE 1876
SAPPORO
生
サッポロ生ビール
The Islay
BOWMORE
ISLAY
12
750ml
NISSIN・3分で!!
元祖鶏がら
Since 1958

目の前に置かれているのは、オレンジ色の袋だった。

場所はいつもの、長江高明のワンルームマンション。わたしたちは飲み会のときにだけ現れる、キャンプ用のテーブルを囲んでいた。

そしてテーブルの上には、オレンジ色の袋が四つ。それしかなかった。

「こうしてみると、やっぱり異様な光景だな」

熊井渚がつぶやいた。目の前の袋。それは『チキンラーメン』だったのだ。


そもそものきっかけは、わたしがなんの気なしに出した話題だった。

「ねえねえ、ビールのつまみって、何が最高だと思う？」

『ビールがおいしい季節』という言葉がある。少し歩けば汗ばんでしまう今の季節が、ちょうどそれに当たるだろう。けれど、どこでも空調が利《き》いている現代日本では、ビールに季節性はないといっていい。わたしも四季を問わず、ありとあらゆるものを食べながらビールを飲んできた。その中で最もビールに合うのはなんだろう。そんなことをふと思っての発言だった。

熊井が難しい顔をして首をひねる。

「何が最高だなんて、言えないんじゃないかな。周囲の気温や湿度にもよるだろうし、飲むビールの銘柄によっても変わってくるだろう。時間帯や一緒に飲むメンバーによっても違う」

食品会社に勤務する熊井は正論を言ったが、長江が笑ってそれを制した。

「熊さん、そんなに難しく考える必要はないよ。夏美が言っているのは、そういうこともすべて含んで、どんな食べ物と一緒にビールを飲むのが好きか、ということだよ。ビールの銘柄や食シーンの個々について考えることはない。自分がビールを飲んでいるところを想像して、パッと思い浮かぶものでいいんじゃないかな」

さすが長江はわかっている。

「——で、何がいい？」

「俺は餃子《ぎょうざ》だ」

長江が少し考えて答えた。

「以前福岡で食べたひと口餃子が、ビールと最高に合ったんだ。でもこの間学会で福岡に行ったとき、その店に直行したら、後継者不在が原因で閉店していた。それを知ったときには泣いたね」

別に餃子屋が一軒潰《つぶ》れたくらいで泣くことはないだろうけれど、気持ちはよくわかる。

「熊さんは?」

「うーん」熊井はやはり難しい顔で天井を睨《にら》んだ。「ありふれていて申し訳ないけど、やっぱりナッツかな。それもマカダミアナッツ。塩がいっぱいついているやつがいい」

三人の中でもっとも酒好きといわれている、熊井らしい意見だ。

「夏美は?」

話題を振った以上、答えの用意はできている。即答した。「フライドチキン」

「なんだ、みんなありふれてるな」熊井が慨嘆《がいたん》するように言った。「どれも定番だ」

熊井の言うとおりだ。でもまあ、ここにいるメンバーには、それほど変わった人間はいない。だから答えも常識の範囲内だということだろう。

熊井が何かを思い出したような顔をした。

「そういえば、ビールのつまみに変わったものを食ってる奴がいたな」

「変わったもの?」

「うん。会社の同期なんだ。長江氏や夏美ほど大酒飲みじゃないけど、ビール好きな奴」

「熊さんにだけはそんなこと言われたくないけど、その人はビールを飲むとき、何を食べるの？」

わたしが想像したのは、羊羹《ようかん》のような甘いものか、イナゴの佃煮《つくだに》といった特殊な食べ物だった。ところが熊井の口から出てきた言葉は、意外なものだった。「チキンラーメン」

「チキンラーメン？」

長江がオウム返しに言った。

「あの、お湯をかけて三分間ってやつ？」

「そう」

熊井がうなずいた。

チキンラーメン。日本が世界に誇る発明品だ。インスタントラーメンのはしりだとも聞く。わたしはインスタントラーメンやカップラーメンはあまり食べないけれど、もちろん食べたことはある。その名前を聞いた途端、わたしの脳裏《のうり》にはあの有名なパッケージデザイン——オレンジ色の縞《しま》模様が浮かんだ。

するとの熊井の友人は、ラーメンをすすりながらビールを飲むのだろうか。ラーメン屋でよく見かける光景だ。定番に近い気がする。変わったもの、というほどのことではないだろう。わたしがそう指摘すると、熊井は首を振った。

「いや、そいつはお湯をかけないんだ。そのまま食べる」

「ええーっ?」

あまりに意外な言葉に、まるで非難するような声を上げてしまった。インスタントラーメンをそのまま食べる? そんなことができるのか。というか、アレはそのまま食べられるものなのか。

「いや待て」

長江がわたしを制した。

「確かチキンラーメンは、麵を揚げてあるはずだ。別添《べってん》のスープがなくて、スープの素《もと》を麵に染《し》みこませているわけだから、スナック菓子と製法は本質的には同じだと言っていいかもしれない。それなら、そのまま食べても不思議はないな」

「不思議よ」

言いながらも、わたしはその食べ方に興味を持った。ビールを飲みながら食べると、どんな感じなのかにも。

「熊さん、その人、わたしたちとウマが合いそう?」

「うん。そんなに変な奴じゃないよ」

「じゃあ、次の飲み会はその人を招いて、『チキンラーメンそのまま試食会』をやろう」

そういうことになった。


ゲストの男性は、普通の人に見えた。やや小柄で、丸顔に人の良さそうな笑顔を浮かべている。

「塚本《つかもと》といいます。よろしく」

熊井の同僚、塚本はわたしたちにそう挨拶《あいさつ》した。一見して、なかなか感じのいい人だ。でも、この男は食べるのだ。チキンラーメンをそのままで。

長江がグラスを四つと、家庭用のビールサーバーを持ってきた。「これで準備完了」

長江は丁寧にビールをグラスに注《つ》ぐと、三人に手渡した。そして自分のビールも用意して、席に着いた。いそいそと、こまめによく働く奴だ。とても学生時代『悪魔に魂を売って頭脳を買った』と囁《ささや》かれた奴とは思えない。

長江の着席を確認してから、熊井が口を開いた。

「さて、今日はツカ氏に来てもらって、チキンラーメンを食べながらひたすらビールを飲もうという趣旨なんだけど」

熊井は視線を塚本に向けた。

「ツカ氏流の食べ方を紹介してもらおうか」

「食べ方っていったってね」

塚本は困ったような顔をした。

「そんなたいそうなもんじゃないよ。ただ食べるだけだから」

そう言いながら、塚本はチキンラーメンを取り上げた。両手で包装を破って中の麺を取り出す。それをわたしたちに見せた。

「ほら、チキンラーメンはこんなふうに円盤状でしょう？　このままだと食べにくいですから、ちょっと工夫はします」

塚本は麺をもう一度袋に戻した。次に何をするかと思えば、右手で拳《こぶし》を作って、いきなり袋の上から麺を殴りはじめたのだ。

わたしたちがあっけにとられているのを尻目に、塚本は無言でチキンラーメンを殴り続ける。袋がぼろぼろになったところで、塚本は動きを止めて、ふうっと息を吐いた。

「こうやって、食べやすい大きさに砕いてから食べるんですよ」

長江が席を立って、食器棚から大皿を四枚取り出した。一枚を塚本に手渡す。塚本は礼を言って受け取ると、袋から皿に麺をあけた。ざらざらと音がして、砕かれたチキンラーメンが皿にあけられた。きれいな円盤を形成していた麺は、見るも無惨にバラバラにされている。こうして皿に載っていると、見た目は麵というよりも、牛乳を入れる前のシリアルに近い。

「なるほど」

長江はそうつぶやいて、チキンラーメンを取り上げた。右手で握り拳を作る。

「こうか?」

言うが早いか、塚本と同じように開封前の袋を殴った。熊井も倣《なら》う。仕方がないから、わたしも同じようにチキンラーメンに攻撃を加えた。

傍《はた》から見ていると、異様な光景だっただろう。マンションの一室で、若い男女が四人でひたすらチキンラーメンを殴っているのだ。ホラーというよりは、変な不条理劇のワンシーンに近いかもしれない。

「こんなものかな」と長江が包装を破って、砕いた麵を皿にあける。わたしも同じようにした。適当に砕いたから大きさは不揃《ふぞろ》いで、ますます不吉な外観になった。少し不安がよぎったが、今日の食料はこれだけなのだ。

「じゃあ、始めようか」

熊井が宣言して、グラスを掲げた。

「乾杯」

残る三人が唱和して、不思議な宴会が始まった。わたしは皿に目を落とした。砕かれた麺は、手でつまむには小さすぎる破片もある。とりあえず一センチ角くらいの麺を探し出して取り上げた。そのまま口に入れて、嚙《か》む。

最初に感じたのは、口の中で麺が砕ける感触だった。その次に塩気、油の味、そして強いスープの味が順に口の中に広がった。スナック菓子というには味が強すぎる。飲み込んで、そのままビールを飲んだ。すると舌に残った塩分と油分をビールが流してくれて、口の中にはスープの旨味《うまみ》だけが残った。

「ほう。これはこれは」長江が感心したように言った。「癖になりそうな味ですね」

塚本が嬉しそうな表情を浮かべる。「でしょう?」

長江の言うとおりだった。お湯で延ばしてスープにするための味付けだから、そのまま食べるには味が濃すぎる。でもそれがビールのつまみにはいいのだ。またチキンラーメンをつまむ。ビールを飲む。それを永遠に繰《く》り返せそうだった。これほど味の濃いスナック菓子はないから、ビールをおいしく飲むための食品としては——最高かどうかはともかく——上等の部類に入りそうな気がする。

「チキンラーメンはまだまだあるよ」

幹事役の熊井が自信たっぷりに言った。「一人当たり三個買ってあるから」

それは心強いというか、なんというか。

しばらくの間、チキンラーメンについての話題で盛り上がった。

「でもツカ氏、ハワイに行ったら、チキンラーメンなんて食べられないよね」

熊井がそんなことを言いだした。塚本が慌《あわ》てて右手を振る。「いや、ハワイなんて……」

「ハワイ？」わたしが聞き返す。熊井が友人を自慢するような顔をした。

「ツカ氏はこう見えて、スキューバダイビングのインストラクターの資格を持っているんだ。それでマウイ島のダイビングショップから、店を手伝わないかって誘われてるそうなんだよ」

「へえー」長江が口を菱形《ひしがた》にした。わたしもダイビングには詳しくないけれど、ダイバーの友人が「マウイ島に潜りに行きたい」と言っていたのを憶《おぼ》えている。そこのダイビングショップから誘われているということは、塚本は相当な腕の持ち主だと考えていいだろう。

塚本は顔全体で困って見せた。

「いや、さすがに会社を辞《や》めてまで行く決心はつかないよ」

「でも、行きたいんだろう？　本当は」

熊井は心の中はお見通しだ、というふうに返した。塚本は図星を指されたようだったが、それをあえて隠そうとはしなかった。

「まあね。でも、やっぱり無理だよ。収入も落ちるし、彼女も賛成してないし」

熊井が鼻を鳴らした。「強引に連れて行けばいいのに」

「いや、そういうわけにもいかないだろう」

塚本の勤めている会社、つまり熊井の勤めている会社は、国内では大手といわれている食品会社だから不況で倒産したりはしないだろうし、会社にいるかぎりは安定した人生が保証されているといっていいだろう。確かにそこを辞めてダイビングショップに勤めるのは勇気がいる。仮にわたしに彼がいたとして、そんな相談を持ちかけられたら、わたしも反対するかもしれない。

「なんだ。ツカ氏がハワイに移住したら、帰国するたびにマカダミアナッツを買ってきてもらおうと思ったのに」

熊井が大げさに残念がって見せ、塚本が脱力したようにうなだれた。

「なんだよ、それは」

「マカダミアナッツだよ。ハワイ土産の。チョコじゃなくて、ナッツだけのやつ。表面に塩のたくさんついたアレが好きなんだ」

「そんなものばかり食べているから、熊さんは不健康だって言われるんだよ」

「チキンラーメンをそのまま食ってる奴に言われたくないね」

会社の友人同士のじゃれ合いを、わたしと長江はにこにこと聞いていた。この会話とチキンラーメンをつまみに、楽しくビールが飲めそうだった。

ところが、そのチキンラーメンがどんどん食べにくくなってきた。大きめの破片から順に食べていったから、皿に残ったのが細かい破片ばかりになったのだ。指でつまむと、つまみきれない破片がぱらぱらと皿に落ちた。

「この食べ方は、直接かじるよりは破片が飛ばなくていいんですが」

塚本がわたしの指先を見て言った。

「やっぱりどうしても、細かい破片が床に落ちてしまうことはありますね。『チキンラーメンそのまま食い』は、それが欠点といえば欠点です」

長江がテーブルの下を見る。つられて見ると、レジャーシートには、すでにオレンジ色の破片がいくつか落ちていた。細かい破片をつまんで口に入れるときに、指先からこぼれて、床に落としてしまったようだ。足で踏むと、痛くはないけれど異物感があった。「なるほど」

塚本がうなずく。

「そうなんですよ。今日は長江さんがレジャーシートを敷いてくれているから掃除が簡単ですが、これがカーペットだと、カーペットの毛に麺が絡《から》まって、厄介なことになるんですよ」

わたしはあらためて皿の上を見た。砕かれた麺はまっすぐではなく、『つ』の字のように曲がっているものが多い。これならば、毛足の長い絨毯《じゅうたん》やパイル地のカーペットには絡まってしまうだろう。

「塚本さんのお部屋は、カーペット敷きなんですか?」

「ええ。フローリングの上にカーペットを敷いて、ちゃぶ台と座椅子《ざいす》を使っています」

「でも、ずっとレジャーシートを敷いているわけにもいかないだろう」

熊井の指摘に、塚本は渋面を作った。

「まあね。でも、チキンラーメンを食べるときくらいは敷いた方がいいかな。だって、それが原因で彼女と喧嘩《けんか》しちゃったんだから」

「え?」わたしは思わず問い返した。俗人の身、そういったゴシップについ反応してしまう。塚本が頭をかいた。

「いや、くだらないことですよ。この間、彼女が『掃除が大変なのよ』って怒り出したんです。だから喧嘩っていうよりは、一方的に怒られただけですが」

「ということは、塚本さんの彼女は、塚本さんの部屋まで掃除しに来るんですか」

長江が邪気のない笑顔を向けた。「いいですね、熱々《あつあつ》で」

塚本の丸顔が赤くなった。純な人だ。

「ツカ氏の彼女って、電算室のあの子だよね。髪の長い」

熊井がそう言うと、塚本は照れたように笑った。「そうだよ」

熊井がわたしと長江に顔を向けた。「気が強くてそそっかしいところがあるけど、美人だよ」

いや、別に美人では、と言い訳のように言う塚本を、熊井が「いいじゃん、本当なんだから」とからかった。横から長江が真面目な顔で口を挟んだ。

「塚本さんは以前から、ビールを飲むときにはチキンラーメンを食べてたんでしょう？彼女が塚本さんの部屋に行ったのも、その日がはじめてでもないでしょうに。どうしてそのときだけ彼女は怒り出したんでしょうね」

もっともな疑問だ。塚本はまた頭をかいた。

「いえね、前からぶつぶつは言われてたんですが、その日は大量にこぼしていたみたいで、それで怒りのスイッチが入っちゃったらしいです」

それを熊井が聞きとがめた。「みたいって？　憶えてないの？」

塚本は困った顔をする。ゲストとして招いたのに、なんか困らせてばかりな気がする。

「実は、そのとおりなんだ。前の晩、深夜映画を観《み》ながら、いつものようにぼりぼりと食べていた。ビールを途中からウィスキーに替えて映画を最後まで観たんだけど、終わったときには相当酔っててね。そのまま座椅子の上で眠っちゃって、次の日は寝坊して、慌てて会社へ行ったんだ。だからどのくらいこぼれていたのかは、憶えていない」

いかにも一人暮らしの独身男性らしいエピソードだ。

「しかも悪いことに、寝坊した日は僕の誕生日でね。彼女が来てくれることになってたんだ。熊さんも知っているように、僕のいる部署はたいてい夜の八時くらいまで仕事をしているから、定時で終わる彼女が先に僕の部屋に行って、待っていてくれることになってたんだ」

「手料理の準備をして」

熊井がまた冷やかすように口を挟んだ。けれど塚本はあっさり首を振った。

「いや、あいつは料理をしないから。『中途半端に下手な料理を食べさせるくらいなら、出前を取るわ』という主義でね。その日もケーキとワインだけ買って、食事自体は宅配のピザを頼む段取りになってた」

「完璧主義者なんですね」

わたしはそうコメントした。そんな潔《いさぎよ》さはけっこう好きだ。

「でも、塚本さんが部屋に帰ってみると、そこには怒りに燃えた彼女がいた、と」

「そういうことです」

塚本は悲しそうな顔をした。

「座椅子の周辺一面に、チキンラーメンの破片が落ちていました。夜だから掃除機も使えないし、手でちまちまと取っていたら、忍耐の限界を超えたんですね。平謝《ひらあやま》りに謝って、なんとか機嫌を直してもらって事なきを得ましたけど、いくら自分の部屋とはいえ、気をつけなければならないと反省しました」

「それで、どうしたんですか？」

「その夜は掃除できなかったので、ちゃぶ台を寝室の方に移動させて、そこで食事をしました。寝室にはテレビもないし、洗濯物も干しっぱなしでしたから、彼女にはずっと文句を言われましたけど」

「うーん」熊井が腕組みをした。

「チキンラーメンひとつで破局を迎えそうになるとは。たかがインスタントラーメンと思って、侮《あなど》ってはいけないな」

訳のわからない感心をした。それでこの話題は終わったはずだった。

ところが、長江が難しい顔をして黙りこんでいる。チキンラーメンに手を伸ばすのも忘れたように、グラスからビールを飲んでいた。どうしたのだろう。この男に限って、他人の恋愛話を聞いて反感を持つこともないだろうに。

「塚本さん」ようやく口を開いた長江は、ゲストの名を呼んだ。塚本が返事をする。

「聞きたいんですけど、こぼした破片は、結局どうしたんですか？」

「次の朝きちんと取り除きました。掃除機で」

「塚本さん自身がやったんですか？　彼女を怒らせたくらいだから」

えっ、と一瞬塚本が口ごもる。「……彼女がやってくれました。次の日は土曜日だったから、僕が寝ている間に、もう彼女が始めてたんです。僕は掃除機の音で目が覚めたんですよ。慌てて起き出してみると、彼女はすでに掃除機をかけ終わって、濡らしたペーパータオルでカーペットをとんとんと叩《たた》いていました」

「いい娘《こ》だ」

熊井がにやにやしたが、長江は難しい顔を崩してはいなかった。

「ふむ」長江が自分の顎《あご》をつまんだ。「それって、いつ頃のことです？」

「先々週です」

「先々週――二週間前か」長江は大きく息を吐いた。「それなら、まだ間に合うかな」

「間に合う？」

そう問い返したのは、塚本ではなく熊井だった。「どういうこと？」

長江は質問した熊井ではなく、塚本に向かって答えた。

「今からでも遅くない。塚本さん、すぐに彼女に連絡を取った方がいい。そして『ありがとう』って言うんです」

ワンルームマンションには、奇妙な沈黙が落ちた。熊井も塚本も、そしてわたしもきょとんとした顔で長江を見ていた。でも、言葉が出てこない。みんな、対応に困っているのだ。

長江が言った科白《せりふ》。「彼女にありがとうと言え」とは、どういう意味だろう。

「――ちょっと、揚子江」

熊井が沈黙を破った。気に入らないことがあるとき、熊井は長江のことを「揚子江」と呼ぶ。「どういうこと？」

「どうもこうも」長江はチキンラーメンをつまんだ。「言葉どおりの意味だよ。塚本さんはできるだけ早く彼女に礼を言うべきだ」

「わかんないな」わたしは口を挟んだ。「誕生日の翌朝、彼女が掃除機をかけてくれたから？　そんなことに今さらお礼を言えって？」

けれど長江は手を振る。

「違う、違う。俺はただ、彼女の真心に対してお礼を言った方がいいんじゃないかって思っただけだよ」

真心？　ますますわからない。今夜話に出たのは、塚本がチキンラーメンをカーペットにこぼしてしまって、彼女に一方的に怒られたということではないか。彼女は気が強いらしいから、いかにもありそうな話ではある。でもそこには、真心の匂いは感じられない。わたしは横目で塚本を見た。塚本も、長江の言葉の意味をはかりかねたように首を傾《かし》げていた。

「その……、僕は長江さんの言いたいことがよくわかりません。よろしければ、説明してもらえませんか？」

「そうだ、そうだ」熊井が賛同した。「揚子江はいつも訳のわからないことを言う」

長江は苦笑した。でも、説明する気はあるようだ。まずグラスに残ったビールを飲み干し、サーバーからビールを注ぎ足した。それをひと口飲んで、話を再開した。

「熊さん、塚本さんの話を聞いて、何かおかしいとは思わなかったかい？」

「おかしなところ？」

熊井が眉根を寄せた。上目遣いに宙を睨んで、記憶を辿《たど》った。

「——いや、特に変なところはなかった」

「そう？」長江は面白そうに言った。「じゃあ、熊さんも気づかなかったんだ。塚本さん同様、彼女のついた嘘に」

「嘘？」

そっと塚本を見た。その丸顔からは表情が消えている。気分を害したようだ。

「長江さんは、彼女が嘘をついたというのですか？——この僕に」

少しだけだが、声にとげがあった。それを察したか、長江は慌ててフォローを入れる。

「嘘をついたのは本当だと思います。けど、悪意のある嘘じゃないですよ」

塚本は頭を振った。「わかりませんね」

「そうでしょうね。私も最初は聞き流しそうになりました。でも、塚本さんの話には、納得のできない点がありました。それを考えていくと、彼女が嘘をついたとしか思えないんですよ」

「納得のできない点って？」

わたしの問いかけに、長江はうなずいてみせた。

「うん。この話のもっとも重要な点だ。つまり、塚本さんがチキンラーメンをカーペットにこぼしたというくだりだよ。座椅子の周辺一面に、チキンラーメンの破片が落ちていたと塚本さんは言った。けれど俺はそれを聞いて、あれっと思ったんだ」

「なんで?」

熊井が理解できないという口調で言った。わたしも理解できない。その話のどこがおかしいのだろう。長江は仕方がないな、というふうに一度息を吐いた。

「いいかい? 塚本さんはチキンラーメンを食べながら深夜映画を観て、そのまま座椅子で眠ったんだろう? ここでは仮に映画を観ながら酔っぱらった塚本さんが、無意識のうちにチキンラーメンをばらまいたとしよう」

仮に、ではなくてそういう話だったではないか。わたしはそう思ったが、長江はかまわず話を続ける。

「もしそうなら、塚本さんが朝起きたとき、周囲にはすでにチキンラーメンが撒《ま》かれていたはずだよね。でも塚本さんはそれに気づかなかった」

しかし熊井は首を振った。

「ツカ氏は、寝坊して慌てていたって言ったじゃないか。寝ぼけてて、しかも慌てていたら、気づかなくても無理はないよ」

そのとおりだと思う。わたしも熊井の意見に賛成だ。しかし長江は動じなかった。

「そんなことないよ。他のものだったら気づかなかったかもしれない。けれどチキンラーメンに限っては、いくら慌てていたって塚本さんは気づいたはずなんだ」

熊井は下唇を突き出した。「なんでよ」

長江は皿からチキンラーメンの破片を取り上げた。

「だって、塚本さんが眠っていた座椅子の周辺には、一面にチキンラーメンの破片がばらまかれていたんだよ。起きてから出勤の準備をするためには、必ずチキンラーメンの上を歩かなければならない。地雷原みたいなものだ。一面にばらまかれていたってことは、塚本さんは一度にたくさんの破片を踏んだはずだ。そしてチキンラーメンは硬い。いくら半分寝ぼけていたって、踏んだら気がつくよ」

「あ……」

そう言ったのは、塚本自身だった。わたしも指摘されて気がついた。足元のレジャーシートを踏む。落ちていた麺の破片は、その存在をわたしの足に訴えかけていた。

「それに気がつかなかった以上、塚本さんが起きたとき、周辺にはチキンラーメンの破片はなかったんですよ。もちろんつまんで食べていたから多少は落ちていたでしょうけれど、一面にばらまかれていたなんて、あり得ない」

「で、でも――」

動揺しながらも、塚本はなんとか反論しようとする。

「現実に、チキンラーメンは大量に落ちていました」

「そうですね」

長江はあっさり肯定した。

「塚本さんはこぼさなかった。けれどチキンラーメンはこぼれていた。この話には、登場人物は二人しか出てきません。その一人である塚本さんがこぼさなかった以上、残る一人、彼女がこぼしたと考えるしかないでしょう」

「ええっ？」

わたしは思わず大声を出していた。言っている意味がわからない。彼女が、自らチキンラーメンをカーペットに撒いたって？　わたしの驚愕《きょうがく》をよそに、長江は淡々と話を続ける。

「彼女は塚本さんを待っている間に、自分でチキンラーメンの破片を撒いたんです。実行は簡単です。チキンラーメンなんて、どこにでも売っている。近所の店で買ってきて、袋の上から殴って砕いて、カーペットの上にぶちまければいい。塚本さんが仕事から帰ったとき、彼女はチキンラーメンがカーペットにこぼれていたことについて、あなたを責めたということでした。でもそれは彼女自身がやったことだった。だから彼女が嘘をついたと言ったんです。私はその彼女を知りません。けれど熊さんの話では、気が強い女性らしいですね。それなら、塚本さんが撒いたチキンラーメンは、塚本さん自身に掃除させようとするのではないか。そう感じました。あまりの汚さにキレたくらいですから。でも彼女は自ら掃除した。もちろん彼女の優しさからかもしれませんが、自分が撒いたからこそ、自分で掃除したともいえるのではないでしょうか」

また沈黙が落ちた。わたしには、長江の話の本質は見えていない。けれど少なくとも、長江の説明に破綻《はたん》はないように思えた。

「――揚子江」

沈黙を破ったのは、今度も熊井だった。

「揚子江の話には、ひとつ抜かりがある。彼女ではなくて、ツカ氏が嘘をついた可能性を、揚子江は検証していない」

塚本が驚いたように熊井を見た。けれど熊井は平然と同僚を見返した。「そうだろう？」

解説の欠点を指摘された長江は、それでも悠然とした態度を崩さなかった。

「会社の同僚である熊さんに聞くけど」

「なに？」

「塚本さんと彼女の関係。変な表現をするけど、二人の仲は本物なのかな」

「えっ……」

予想もつかなかった質問に、さすがの熊井も戸惑った様子だった。けれど素早く態勢を立て直して対応する。

「本物だよ。間違いない。二人は愛し合っている」

長江は笑った。

「それなら間違いない。仮に塚本さんが嘘をついたとしたら、それにはどういう意味があるのだろう。塚本さんはありもしないチキンラーメンばらまき事件をでっち上げて、初対面の俺たちに披露したことになる。話の中では彼女は悪役だ。二人の仲が本物なら、塚本さんがそんなことをするはずはないだろう？」

熊井は返答に詰まった。「……確かに」

「でも、変だよ」

今度はわたしが反論した。

「長江くんの意見は正しいと思う。けど、それなら彼女にも同じことが言えるじゃない。ありもしないチキンラーメンばらまき事件をでっち上げて、塚本さんを責めたてた。塚本さんは悪役じゃないの。二人の仲が本物なら、そんなことをするはずはないでしょう？」

塚本が深くうなずいた。その様子から、塚本が彼女を本当に愛していることが伝わってきた。第一印象のとおり、本当にいい人だ。長江もそう思ったのだろうか。今夜のゲストを温かい目で見て、口を開いた。

「夏美の意見はもっともだ。けれど、彼女は観客の視線を意識していない。彼女の嘘は、あくまで塚本さん一人に対してつかれている。その点において、塚本さん嘘つき説とは一線を画しているんだ。そのことを念頭に置いて、俺たちは考えなければならない。彼女の嘘の意味を」

「嘘の、意味……」

塚本が繰り返した。話の展開についていっていない声だ。無理もない。軽い気持ちで話したことが、思いもよらない展開をみせているのだから。

「彼女はなぜそんな嘘をつかなければならなかったのか。より正確に言えば、なぜ彼女はチキンラーメンをわざとこぼさなければならなかったのか。わざわざ買ってきてまで。ここでは『彼女には仕事でいらいらすることがあって、塚本さんを責めたててストレス解消を図った』という可能性は無視する。——いいかな」

それは除外していいだろう。あまりにくだらなくて、陰湿だ。今までの話から類推される、彼女のキャラクターに合わない。

「彼女はしっかりとした目的を持ってチキンラーメンを撒いた。その目的とは何か。塚本さんは、カーペットにチキンラーメンの破片が落ちると、掃除が大変だと言った。それを知っていた彼女が、あえてそうした理由とは何か。古典的で申し訳ないけど、俺が考えたのはこんなことだ。カーペットにはすでに何かが撒かれていて、それを隠すためにチキンラーメンをその上から撒いた」

「えっ？」

長江はわたしを見た。

「そう考えてはいけないだろうか。彼女はカーペットに何かを落としてしまった。掃除が厄介なものを。それを隠すために、チキンラーメンの破片を撒いてごまかした。日常的にチキンラーメンをそのまま食べている塚本さんの部屋には、チキンラーメンの破片が落ちているのはむしろ当然のこと。彼女としてみれば、自然な発想だった」

「え、えっと……」わたしは懸命に頭を働かせた。彼女は何かを落としてしまった。では、落としたものとはなんだろう。今の長江の話から想像すると——。

「彼女はケーキとワインを持って訪れ、塚本さんの帰りを待っていたんでしょ？　じゃあ、そのどちらかをカーペットに撒いちゃったっていうのは？」

わたしは言いながらも、自分の説が間違っていることに気づいた。案の定、長江が首を振る。

「そのふたつは違うと思う」

「そりゃ違うだろう」熊井も長江に同意した。「生クリームやワインをこぼしたら、チキンラーメンなんかでごまかせるわけがない」

長江はうなずいた。「宅配のピザも違うだろうね。ピザをひっくり返したら、カーペットは油やチーズでべとべとになる。その汚れはチキンラーメンとは異質なものだ。彼女がそれに気づかないわけがない。今の夏美の意見と熊さんの意見を考え合わせると、彼女が何をこぼしたのか、その物性が想像できる。ケーキの生クリーム、ワイン、ピザ。それらはちょっとやそっとでは取れない。こぼしたのは、むしろ簡単に取れるものだ。掃除機で吸えばね。事実、彼女は次の朝、掃除機を使っていた」

「でも、そんなものは登場していない……」

「そうだね。だから、ここからは想像だ。彼女はケーキとワインの他に、塚本さんも知らないものを部屋に持ち込んでいた。それをこぼしたんだろう。放ってはおけないけれど、掃除機で吸えるもの。そのヒントは、今日この場でも話されていた」

長江はそこで言葉を切った。三度目の沈黙が訪れた。わたしも、熊井もその正体を懸命に考えていた。塚本だけが、混乱して思考停止の状態だ。答えが返ってこないから、長江は自ら口を開いた。

「塚本さんの話を思い出してくれ。彼女は翌朝、こぼれたチキンラーメンを掃除してくれた。掃除機で吸った後、濡らしたペーパータオルでカーペットを叩いていた」長江は皿からチキンラーメンの破片をつまみ上げた。「いいかい？　チキンラーメンがいくら細かく砕かれたといっても、砂粒ほど細かくはならない。それなら濡らしたペーパータオルでとんとんやっても破片は取れないだろう。そんなことをするのは、水気のものか、水溶性の粉か顆粒《かりゅう》を取るときだ。どちらか。チキンラーメンを上から撒いてごまかすくらいだから、それは水気のものでなくて、粉か顆粒だ。俺はそれが何かを考えた。単純な発想だけど、塩辛いチキンラーメンで隠そうとするのは、同じように塩辛いものではないだろうか。そして細かいもの。つまり塩そのものじゃなかったかと、俺は考えたんだ。そしてさらに想像を広げてみる。部屋の主は塚本さん。ダイビングのインストラクターの資格を持ち、ハワイに移住したがっている――」

突然熊井が口を開いた。「――あ」

長江が熊井に視線を向けた。「なんだい？」

「まさか、まさか」熊井は自分の想像に驚いたようにどもった。「まさか、マカダミアナッツ？」

長江が破顔した。「正解」

マカダミアナッツ？　唐突に出てきたその言葉に、わたしも混乱した。なぜ突然そんなものが登場するのか。すぐにはわからなかったが、思い出した。飲み会のはじめの頃に、熊井と塚本で繰り広げられた会話。塚本がハワイに移住した暁《あかつき》には、マカダミアナッツを持って帰国してほしいと熊井は言ったのだ。そして熊井はその特徴も、同時に話したはずだ。

「そっか。マカダミアナッツには、塩が大量についている……」

長江は大きくうなずいた。

「そういうことだよ。彼女は塚本さんの誕生日に、ワインとケーキ、そしてマカダミアナッツを持ってきたんだ。それが意味するところは、夏美にもわかるだろう?」

わかる。

「彼女は、塚本さんがハワイに行くことに賛成したのね。それを効果的に知らせようとして、ハワイ特産のマカダミアナッツを塚本さんに手渡そうとした。一緒に行こうね、って……」

「ところが彼女はそそっかしかった」

熊井が後を受けた。

「彼女はマカダミアナッツの入った容器をカーペットに落としてしまった。その衝撃で蓋《ふた》が開いて、中身がこぼれた。ナッツ自体はいい。手で拾える。けれどカーペットに、大量の塩がこぼれてしまった。塩は手では拾えない。掃除機で吸い取ろうにも、夜になっているから近所迷惑になる。素直に謝れば良かったんだろうけど、彼女は照れくさかったんだろうな。『誕生日おめでとう』と言いながらそっとマカダミアナッツを渡す。その意味に気づいたツカ氏は感動して、彼女にプロポーズする——そんなシーンを思い描いていたのに、現実にはこの有様《ありさま》だ。気の強い彼女は、格好の悪いところをツカ氏に見せたくなかった。だからごまかす方法を考えた。揚子江、そういうことなんだね？」

長江は穏《おだ》やかな表情で塚本を見つめていた。チキンラーメンの欠片《かけら》ひとつから、会ったこともない女性の愛情を解き明かしてしまった頭脳には、とうてい似合わない優しさをもって。

「だから言ったんですよ。チキンラーメンをこぼしたことを謝るのではなくて、ハワイ行きを同意してくれたその決断に『ありがとう』って言うべきだと」

塚本はしばらくの間、静止していた。口を半分開けて、虚空《こくう》を見つめていた。がたがたっと音を立てて、塚本が立ち上がった。その丸顔は紅潮している。

「僕はこれで失礼します。——長江さん、ありがとうございました」

そそくさと出ていこうとする。いてもたってもいられないという心情が見て取れた。塚本は玄関のところで立ち止まり、振り向いた。

「熊さん、今日のビール代は僕が持つ。明日請求してくれ」

それだけ言い残して、塚本は去っていった。取り残された三人は、ただテーブルを眺めている。

「ねえ」わたしは仕方なしに口を開いた。「この、大量のチキンラーメン、どうする?」

長江が重々しく答えた。

「とりあえず、お湯をかけて食うか」


半年後。熊井のところに航空便が届いた。

ハワイに移住した塚本からだ。中には、大量のマカダミアナッツが入っていた。そして写真が一枚。

熊井は長江のマンションに、その写真を持ってきてくれた。写っているのは真っ黒に日焼けした丸顔と、やはり日焼けした女性。わたしは、ここではじめて彼女の顔を見ることができた。熊井が言っていたとおり、とてもきれいな女性だった。

結婚祝いは決まっていた。わたしたちはお金を出し合ってチキンラーメンを一ケース購入し、ハワイに送った。

火傷《やけど》をしないように
CHARDONNAY
Lennox Vineyard
2003
Chardonnay
Russian River Valley
750 ml
SINCE 1876
SAPPORO
生
BEER

部屋に入った途端、眼鏡がくもった。

この季節だといつものことだ。わたしは慌《あわ》てず騒がず、ポケットの眼鏡拭《ふ》きを取り出した。丁寧に拭いてかけ直すと、いつもの狭い室内が見て取れた。

「さ、入ってよ」

わたしは同行の須田明日香《すだあすか》に声をかけた。明日香がわたしに続いて、暖房の効《き》いた部屋に入ってくる。ふわりといい匂いがわたしたちを包んだ。

「あ、もう準備できてるんだ」

部屋の中央に置かれたキャンプ用のテーブル。その上には、すでにオレンジ色の鍋が載っている。部屋に満ちたいい匂いは、そこから発せられていることがすぐにわかった。

「時間どおり」

鍋を丁寧にかき混ぜていた熊井渚が、こちらを見てにやりと笑う。

「夏美が宴会に遅れることは絶対にないと思ってたけど、やっぱり遅れなかったか」

「わたしは熊さんみたいに、待ちきれなくて早く来たりはしないの」

コートを脱ぎながらやり返す。脱いだコートを右手に持ったところで、すっとハンガーが差し出された。この部屋の主、長江高明だ。あいかわらず気の利《き》く奴だ。わたしと明日香は礼を言ってハンガーを受け取り、コートを部屋の隅に掛けた。長江に断って洗面所を借り、手を洗う。それからテーブルに戻ってきた。

熊井が飽きずにかき混ぜている鍋を見下ろす。直径二十センチ足らずの鍋は金属製のスタンドに載せられ、下からはアルコールバーナーが青い炎を鍋底に当てている。熊井は火にかけられた鍋が焦げつかないように、絶えずかき混ぜているのだろう。

「ふむ」わたしは席に着きながら言った。「これがチーズフォンデュか」

今までの宴会の多くがそうであったように、今夜のそれも長江高明のメールから始まった。

『駅前のホームセンターで、チーズフォンデュ用の鍋を安く売ってたから、思わず買ってしまった。チーズフォンデュ飲み会をやらないか？』

それに反応したのが熊井渚だった。

『チーズフォンデュといえば白ワインだ。うまいシャルドネに心当たりがあるから、ワインは任せてほしい』

長江が料理を準備し、熊井が酒を準備することになったから、『じゃあ、わたしはゲストを連れて行くから』と返信を打った。手早く日程が決められ、何度目かわからない宴会が決まった。

長江と熊井、そしてわたし——湯浅夏美は大学時代からの飲み仲間だ。卒業した今でも一緒に飲んでいるけれど、ここ数年は、誰かが友達をゲストとして連れてくる習わしになっていた。新顔が入ると新鮮な気分で飲めるし、自分たちが普段接する機会のない情報を聞けたりして、楽しい時間が過ごせる。ゲストの趣味であるフラメンコだけをネタに、三時間盛り上がったこともあるのだ。

とはいえ、ゲストにも楽しんでもらわなければ意味がない。そこでわたしは今回のゲストを捜《さが》すにあたり、職場でさりげなくチーズフォンデュの話題を出してみることにした。それにもっとも激しく反応した人間が、ゲストにふさわしいだろう。

わたしの投げた餌《えさ》に、「あ、わたし食べたことないです」と大きな目をきらきらさせたのが、二期後輩の須田明日香だった。彼女は同じフロアの新製品企画部に所属していて、よく顔を合わせる仲だ。目も鼻も丸い子犬を思わせる顔だちで、職場の男どもに人気がある。だけど性格も子犬のように素直だから、女性の先輩社員からも好かれていた。性格がよくて、チーズフォンデュに強い興味を持っている。今回のゲストにはぴったりだ。明日香なら、長江も熊井も気に入ってくれるだろう。

わたしの目に狂いはなかったようだ。熊井が「かわいいじゃん」と評すれば、長江も人《ひと》懐《なつ》っこい笑顔で明日香を迎え入れてくれた。明日香も先輩社員の友人たちが取っつきやすそうな感じだったことに安心したのか、すぐにいつもの子犬のような笑顔を見せた。

「いいお部屋ですね」

明日香が少し部屋を見回して言った。

「でしょ」

どうせ長江は謙遜するだろうから、わたしが代わりに答えてやった。

長江が住んでいるのは小ぎれいなワンルームマンションだ。独身男の一人暮らしにしてはさっぱりとしている。もちろん客が来るから前もって掃除をしておいたのだろうけれど、もともと片づいている部屋だと思う。家具も少ない。目立つのは小型の液晶テレビと、ノートパソコンの載った折りたたみ机くらいだ。小物でごちゃごちゃしているわたしの部屋や、趣味の品で埋め尽くされた熊井の部屋とは、明らかに佇《たたず》まいが違う。まあ、だからこそ長江の部屋が会場になるんだけど。

わたしはそれらの意味をすべて込めて「でしょ」と言ったのだが、明日香が返したのはくすくす笑いだった。

「いいですね」

「なにが?」

わたしは言葉の意味がわからず聞き返す。明日香は笑いを収められずに、丸い目が三日月になっている。

「彼氏、ですか?」

「は?」

思わず素《す》っ頓狂《とんきょう》な声を出してしまった。あまりにも意外な発言だったから、脳が言葉の意味を理解できなかったのだ。けれど少し遅れて、わたしの思考回路は、明日香が発した言葉の内容を理解することができた。できた瞬間、笑い出してしまった。

「違う違う」

軽く手を振る。「どうしてそんなことを思ったの?」

「だって」明日香はわたしの否定に異議あり、という顔をした。唇を少し尖《とが》らす。

「夏美さんってば、『さ、入ってよ』ってわたしを中に案内したし、今もいいお部屋ですねって言ったら、自慢げに『でしょ』と答えてたし。まるで自分の部屋みたいだったんで、てっきり……」

熊井が吹き出した。

「そーか、そーか。そうだったのか。じゃあ、お邪魔虫は退散しようかな」

「バカ」

わたしは熊井の頭を軽くはたいた。明日香に苦笑を向ける。

「残念ながら、長江くんは飲み友達の領域を越えてないわ」

「そうなんですか」

明日香はまだ疑わしげだ。そこへ、ワイングラスをトレイに載せて長江が戻ってきた。

「実はそうなんです。ご期待に添えなくて申し訳ありませんが」

長江は穏《おだ》やかに笑った。

「他人のちょっとした仕草や、短い言葉からその心の内を推察するのは難しいですね」

そんなことを言った。明日香が首を傾《かし》げる。

「夏美がここを自分の部屋のように言ったのは、夏美が招待する側だからですよ。須田さんは招待される側。招待する側にとって会場となったこの部屋は、いわばホームです。だからアウェーのあなたに対して、そういう言い方をしたんです。それだけですよ」

長江の丁寧な説明に、明日香はようやく納得の表情を見せた。

「そうだったんですか」

長江は「他人のちょっとした仕草や、短い言葉からその心の内を推察するのは難しいですね」などと格調の高い言葉で表現したけれど、要はただの勘違いだ。彼女はときどきそういう深読みをする。

「じゃあ傍《はた》迷惑な誤解も解けたことだし、始めましょう」

わたしは動悸《どうき》の残る心肺機能を、理性で抑えながら言った。

わたしにとって長江は、恋愛感情の対象ではない。それは事実であり、明日香に嘘を言ったわけではない。自分の心を偽《いつわ》っているわけでもない。確かに長江は、友人としては最高の部類に入るだろう。見てくれは決して悪くない。穏やかで、優しくて、そして賢い。そういった意味では長江は好きだ。けれどそれは恋愛ではない。

なぜ恋愛の対象にならないのか。それは彼の特性のもっとも特徴的なところ、『賢い』が原因だと思っている。長江の頭脳は、わたしのそれとは出来が違いすぎるのだ。友人づきあいする分には「頼れるいい奴」で済んでしまうが、恋人になってずっと一緒にいると、おそらく二人の知性レベルの格差に、わたしは耐えきれなくなってしまうだろう。それがわかる。だからわたしは本能的に、彼を情緒の支配する部分から遠ざけたのだ。

長江本人は気づいていないけれど、わたしと同じ考えで彼から遠ざかっている女性は、実は数多く存在する。優秀すぎる頭脳は、他人にある種の恐怖をもたらす。切れ味のいい刃物は、別に刃先を突きつけられていなくても恐怖を感じさせるのと、同じ理屈だ。彼の賢さは、普段は穏やかさのオブラートにくるまれて見えないから、彼に惹《ひ》かれて女性が近づく。そして彼の内面――鋭すぎる知性――に触れた途端、危険を感じて離れてしまうのだ。美点である資質が原因で女の子にもてないとは、気の毒でならない。頭がいいのも善し悪しだということか。

気を取り直してテーブルに向かう。テーブルの真ん中にチーズフォンデュの鍋が置かれ、その横に皿が二枚。皿にはフランスパンやロースハム、ジャガイモやアスパラガスなどが載っている。材料はすべて一口で食べられる大きさにカットされ、必要なものは下茹《したゆ》でしてある。おそらく長江の仕事だろう。こういった細かい仕事をさせたら、長江の右に出る者はいない。

鍋の中ではチーズが煮立っている。

「エメンタールチーズとグリュイエールチーズを、白ワインで溶かしたんだ」

長江が取り皿を配りながら説明してくれた。

「鍋の取扱説明書にそう書いてあったから、近所のスーパーでチーズを買ってきた。実は俺もはじめて食べるから、これでいいのか、よくわからないんだけど」

「これでいいよ」

冷やしてあったワインを取り上げて熊井が言った。

「柄《え》の長いフォークがあるだろう? これに具を刺して、チーズに絡《から》めて食べるんだ。材料は下ごしらえをしてあって、あらためて火を通す必要がないから、温めてソースを絡める感覚かな」

熊井は食品会社に勤務しているせいか、世の中のありとあらゆる食べ物を探求している。その熊井が言うからには、たぶん間違いないのだろう。熊井の解説は続く。

「今回はチーズを溶かして絡めるから、チーズフォンデュっていう。チーズとワインの代わりに、チョコレートをミルクで延ばせば、チョコレートフォンデュだ。油を使って具を揚げたら、オイルフォンデュになる」

なんか、だんだん嘘くさくなってきたぞ。

「それって、串揚げのこと?」

「そんな料理が本当にあるんだって」

「本当だと思うよ」

横から長江が口を挟んだ。

「チョコレートフォンデュは最近の流行らしいよ。鍋の取扱説明書にも作り方が載ってた。オイルフォンデュの方は流行《はや》っているかどうかは知らないけど、伊豆大島《いずおおしま》の椿油《つばきあぶら》で作るオイルフォンデュが有名だって、何かの雑誌に書いてあったな。——熊さん、ワイン」

あ、いけねと言いながら、熊井がワインにコルク抜きをねじ込む。小気味のいい音がして、ワインの栓《せん》が開いた。

「オレゴンのワインだよ」

熊井はちょっと鼻の穴を膨らませた。

「アメリカのワインといえば、カリフォルニアのナパやソノマが有名だけど、オレゴンのワインもうまいんだよ。シャルドネっていってもドライすぎずにどっしりしてるから、チーズフォンデュのチーズの味に負けない。オレゴンならピノ・ノワールも試してほしいけど、今日はチーズフォンデュだから、シャルドネがベストの選択だ」

「言ってることの半分以上は理解できなかったけど、熊さんの選んだワインだからおいしいんだろうな」

ワインはよくわからない。地名や品種、収穫年などの情報が入り乱れて、素人《しろうと》には理解できない世界になっている。無理に理解しようとしないで、詳しい奴に任せるのがいちばんだ。そして酒の選択は熊井に任せておけば間違いないことは、今までの経験からわかっている。

熊井がそれぞれのワイングラスにワインを注《つ》いだ。グラスに鼻を近づけてみる。ブドウだけではなく、何種類ものフルーツが混ざり合ったような香りが、鼻腔《びこう》をくすぐった。甘ったるくない、上品な香り立ちだ。

「さて。じゃあチーズフォンデュをいただくことにしましょうか」

チーズフォンデュの具といえば、やはりパンからだろう。柄の長いフォークの先に角切りのパンを突き刺した。

「鍋が焦げ付かないように、具で一度鍋の底をこするようにしてから食べるといいよ」

熊井のアドバイスに従って、パンを鍋の中でぐるりと回した。そのままパンを引き上げると、わずかな糸を引いて、チーズが見事にパンに絡まっていた。『アルプスの少女ハイジ』を思い出す。火傷《やけど》をしないようにそっと口に運んだ。

口の中に広がったのは、チーズのパワーだった。乳製品の持つ栄養と味が濃縮され、塊《かたまり》になって味蕾《みらい》を襲う。かといって、しつこすぎるわけではない。チーズの力を、白ワインのシャープな酸味が、重くなりすぎないよう上手に調整していた。

そしてオレゴンのワインを口に含む。先ほどのミックスフルーツの香りに加えて、酸味とミネラル感が混じり合い、さわやかかつ華やかな味わいが広がった。飲み下すと、たった今チーズが通った食道を、すっきりとした液体がなぞっていく。そうすることにより、消化器官がリセットされたようで、まだまだいくらでも食べられそうだった。

「ほう」長江が感心したように言った。

「これはいい。フランスパンも軟らかくなるし」

ロースハムで鍋をかき回していた熊井がうなずく。

「もともとは固くなったチーズとパンを、おいしく食べるための調理法らしいからね」

「うん、本当においしいですね」

明日香もチーズフォンデュを賞賛した。彼女も一応社会人だから、お世辞くらいは言えるだろうが声に実感がこもっていたから、今のは本音だろう。明日香はその口調のまま、独り言のように言葉を続けた。

「そっか、こんなふうに食べればよかったんだ……」

「え？」

熊井が聞きとがめた。明日香は我に返ったように身体をぴくりと動かした。

「あ……、え？」

戸惑ったように熊井を見る。熊井は鋭い視線をゲストに投げた。

「須田さん、今のは、いったい?」

「えっと、今のって……」

「『こんなふうに食べればよかったんだ』っていうのです」

熊井に指摘されて、明日香はようやく自分がそんな言葉を発したことを思い出したようだ。慌てたように手を振ってみせた。

「いえ、たいしたことじゃないんです。以前、固くなったパンをもらったことを思い出しただけで」

「もらった?」わたしと熊井は顔を見合わせた。「固くなったパンを?」

「え、ええ——」

わたしたちの反応に、明日香は逆にびっくりしたようだ。丸い目をぱちくりさせる。

だってそうだろう。他人からパンをもらうのはわかる。けれど、それが固くなったパンだとすれば話は別だ。いったいどんな状況に置かれれば、そんなことが起きうるのだろう。

「それは不思議な体験ですね」

長江が柔らかな物腰を崩さないまま言った。

「差し支《つか》えなければ、お話しいただけませんか? 酒の席での雑談として」

長江の穏やかさは、聞く者の緊張を解きほぐす効果がある。明日香も気安く首肯《しゅこう》した。

「ええ、それはかまいませんけれど。でも、たいした話じゃありませんよ」

明日香がシャルドネをひと口飲む。「っていうか、わたし自身がよくわかっていない話ですから」

「あ、わかった」

熊井が手を挙げた。

「須田さんは以前シベリアの捕虜収容所に抑留されていて、そこで出た食事が固くなったパンだったんだ」

わたしは冷たい目で熊井を睨《にら》んだ。「熊さん、飲みが足りない」

うん、そのとおりだと神妙にうなずいて、熊井がシャルドネを干した。やれやれ、といった感じで長江が注ぎ足してやる。

「去年の三月のことなんです」

熊井の変なキャラクターに圧倒されていた明日香が、気を取り直して口を開いた。

「夏美さんは、うちの部署にいる高坂《たかさか》くんって知ってるでしょ？　わたしに固くなったパンをくれたのは、高坂くんなんです」

高坂ならば知っている。明日香と同じ部署にいる若手社員だ。明日香のひとつ下、つまりわたしの三期後輩ということになる。決してハンサムではない。どちらかというと、将棋《しょうぎ》の駒《こま》のような顔をした男だ。けれど能力はある。昨年我が社でもっとも売れた製品は、高坂のグループが開発したとも聞く。新製品企画部らしくイマジネーションが豊かすぎるところが、美点といえば美点だし、欠点といえば欠点だ。

その高坂が、明日香に固くなったパンをくれたという。決して非常識な男ではないだけに、いっそう不可解な感じがした。

「高坂くんは、なんでそんなものをくれたんだろうね」

わたしが考えなしにそう言うと、熊井が横から口を挟んだ。

「夏美、質問の意味ははっきりさせた方がいい。『なんで』ってのは、『なぜプレゼントをされたのか』なのか、それとも『なぜプレゼントとして固いパンを選択したのか』なのか、どっちだ?」

わたしは憮然《ぶぜん》とした声で答える。「両方よ」

「えっと、なぜ固いパンなのかはわかりませんけれど」

明日香が険悪になったように見えるわたしたちの様子に、はらはらしたように答える。

熊井が「大丈夫」というように、ゆとりのある笑顔を明日香に向けた。わたしと熊井にとっては、この程度のことはスキンシップのレベルなんだけど、初対面の明日香には、そんなことはわからないだろう。明日香は熊井の笑顔を見て、少し安心したように話を続けた。

「なぜプレゼントをされたのかは、はっきりしています。ホワイトデーだったんです」

「なるほど。三月十四日か」

わたしはいやらしい視線を明日香に送る。

「ってことは、明日香はバレンタインデーにチョコをあげたんだ。高坂くんに」

「義理ですよっ！　義理っ！」

明日香は顔を真っ赤にして両手を振り回す。

「うちの部署は、男性全員に義理チョコをあげるんです。夏美さんの部署もそうでしょう？」

実はそのとおりだ。わたしもきちんと部の男どもにチョコを渡している。時代遅れの慣習のようだが、それはそれで部署内の雰囲気を良好に保つのに役立っている気もする。そういえば、今年もそろそろバレンタインデーだ。チョコレートの準備を始めなければならない。

「高坂くんにあげたのも、義理チョコですよ。きちんと『五百円ルール』も守りましたし」

「五百円ルール？」

長江がきょとんとした顔をした。いくら長江でも、知らないのは当然だ。これは説明してやらなければなるまい。

「五百円ルールってのは、バレンタインデーについての社内ルールなの。『会社の男性にチョコをあげるときには、必ず五百円以内のものにすること』っていう。ちなみにホワイトデーのお返しにも、五百円ルールは適用されるんだ」

「ふむ」熊井が顎《あご》をつまんだ。

「それは不公平をなくすっていう意味合いかな。それとも社内に本命がいても、会社の敷地内では節度を守れっていう意味か」

「さすが熊さん。どっちも正解」

わたしは熊井に向かって拍手をしてみせてから、明日香に続きを促した。明日香は小さくうなずく。

「それでホワイトデーになって、みんなからお返しがあったんですけど、その中の高坂くんのプレゼントが――」

「固くなったパンだった、と」

熊井が後を引き取った。フォークでフランスパンを突き刺す。

「どんなパンだったんですか？」

「普通のフランスパンです。これと同じ」

明日香もパンを鍋の中でかき回した。

「バゲットっていうんですか、一本丸のまま。もう買ってから何日も経《た》っているような、かちかちの固いパンでした」

「どこかの、有名なパン屋さんのものだったの？」

わたしの質問に、明日香は首を振る。

「いいえ。会社の近くにある『いーすと工房』です」

そこならば知っている。わたしも何度か利用しているし、社内の女の子がときどきそこでパンを買って、昼食にしている。いわば近隣のＯＬ御用達《ごようたし》の店だ。まずまずのパンを焼くけれど、行列ができるほどの有名店ではない。

「その店は、熟成されたパンが売りだったりはしないんですか？　ミモレットみたいに」

熊井が熟成チーズの名前を挙げて質問した。固くなったチーズといえば、昨今の日本ではミモレットだ。政治家が広めてくれた。

しかし明日香はまた首を振った。

「いいえ。そんなことはありません。焼きたてが売りの、普通のパン屋です」

「そっか……」

熊井はわたしに顔を向けた。

「夏美は、その高坂さんって人を知ってる？」

「うん、知ってるよ」

「どんな人？　まさか、変な人じゃないよね」

わたしは大きくうなずく。

「高坂くんは普通の人だよ。新製品企画部で新製品のアイデアばかり考えているから、突《とっ》飛《ぴ》な発想はするけどね。イマジネーションが豊かなだけで、日常生活ではごく普通。少なくとも熊さんよりは」

「夏美、ひと言多い」

熊井が唇をへの字に曲げた。

「普通の人となると、やっぱり固くなったパンをホワイトデーのプレゼントにしたのは、明確な意志の下《もと》になされたってことだよね」

「そうだろうね。高坂くんが、血迷って明日香に古いパンを贈るわけがない」

その意図がわからないから、明日香は不思議がっているのだ。

「須田さん」

それまで黙って話を聞いていた長江が口を開いた。

「その件に関して、心当たりはありませんか？　心当たりとまではいえなくても、いくつかの考えられることは」

途端に明日香の顔が曇った。わかりやすい娘だ。

「心当たりというほどのことではありませんが……」

そう切り出した。やはり何か、思い当たることがあるらしい。

「なんです？」

「ええ」明日香は言いにくそうに口ごもった。「実は、仕返しだったんじゃないかと……」

「仕返し？」

わたしはまたしても素っ頓狂な声を出した。明日香は悲しそうな顔をした。

「さっき、高坂くんに渡したのは、義理チョコだって言ったでしょう？」

「うん、言ったね」

「実はわたし、義理チョコであることを明確にするために、市販のチョコを買ったんです。高坂くん用に」

そんなの、当たり前ではないか。わたしだって、たかが義理チョコに手作りチョコを用意するほど暇ではない。わたしがそう言うと、熊井が首を振った。

「夏美。須田さんの言いたいのは、そんなことじゃないよ。ほら、バレンタインデー近くになると、バレンタイン専用商品が店頭に並ぶだろう？　小さなチョコが四個か五個くらい入っているやつ。須田さんはそれを選んだんじゃなくて、普段から売っている、普通のチョコを義理チョコとして買ったってことだよ。須田さん、そうですよね」

明日香は我が意を得たり、といった感じで微笑《ほほえ》んだ。悲しげではあるけれど。

「そうです。スーパーで普通に売っている百円の板チョコを五枚買って、五百円以内に納めました。それを輪ゴムで留めて、『はい』って渡したんです」

「ほほー、それはそれは」熊井がにやにやした。「やりますね」

明日香の頬《ほお》が紅潮した。

「いえ、別に悪意があったわけでは……」

わたしは明日香を遮《さえぎ》った。

「明日香、熊さんが言ったのは、逆の意味」

「え？」

「普通の義理チョコは、五百円のバレンタイン専用商品を買って終わりよ。それなのに、明日香はあえて一般の百円チョコを五枚買って渡したんでしょ？　それは目立つわよ。むしろ、義理とは思えないわね」

「いや、だから、そんな意味はありませんって！」

明日香がまた両手を振り回す。わかったから、フォークを持ったまま手を振り回すのはやめてほしい。危なくて仕方がない。

「ともかく、須田さんはバレンタインデーにそのようなプレゼントをしたために、高坂さんが気を悪くしたんだと考えているわけですね」

長江が話を戻した。明日香の表情も戻る。「ええ」

「だから高坂さんは固くなったパンで応戦した。須田さんの心当たりとは、そんなところですか」

「そう……です」

明日香は下を向いてしまった。今までの反応から、明日香が高坂を好きなのは間違いないだろう。彼女はとても素直な女性だが、こと恋愛に関しては素直になれないタイプらしい。そしてそれを隠すために、逆に目立った行動をしてしまい、自爆する。ありがちなパターンだ。

長江がわたしの方を向いた。

「夏美。高坂さんという人物は、そんなことをしそうな人なのかい？　執念深いというか、ねちねちと考える」

「そんな人じゃないね」

わたしは即答した。

「別に竹を割ったような性格ではないけど、少なくとも陰湿なタイプではないよ」

そのとおりだといわんばかりに、明日香が強くうなずく。わたしが好きになったのは、そんな人ではないと。けれど強くうなずいた本人が、仕返しをされたと思いこんでいるわけだ。矛盾があるけれど、それに気づかないのが恋愛というものだろう。

「じゃあこの場では、高坂さんは仕返しをしたわけではない、という前提で考えよう」

異存はない。わたしも熊井も同意した。それでは、と熊井が明日香を改めて見た。

「須田さん。高坂さんは、忙しい人ですか?」

明日香はうなずく。

「ええ。新製品企画部は新製品のアイデアを考えるだけじゃなくて、各部署のコーディネートも行うんです。ですから雑用のような仕事も多くて、毎日帰りは十時より早いことはありません」

「なるほど」

熊井はチーズの絡んだアスパラガスを口に含んだ。

「パンを売った店――『いーすと工房』の営業時間は、何時から何時までですか?」

「え、えっと……」

明日香は宙を睨む。

「正確には憶《おぼ》えていませんけど、確か午前十時から午後七時までだったと思います」

「なるほど」熊井はまた言った。「すると、プレゼントとしてパンを買おうとしても、パン屋の営業時間は勤務中なわけだ。とすると、高坂さんはどうやってその店でパンを買えたんでしょう」

「あ……」

明日香は虚をつかれたような顔をしたが、懸命に頭を働かせるように、右の指先をこめかみに当てた。

「たぶん、昼休みか仕事中に、ちょっと会社を抜け出して買ったんだと思います。プレゼントをされたのは夕方でしたし」

熊井は納得したようにうなずいた。

「それなら不自然ではありませんね。もうひとつ。高坂さんは、全体として大ざっぱな人ですか？　それとも、わりと几帳面《きちようめん》な人ですか？」

「細かすぎるわけじゃありませんけど、どちらかといえば几帳面な方です。少なくとも大ざっぱな人ではありません」

「そうですか」

熊井がわたしと長江に視線を向けた。

「それなら、何日か前にたまたま早く帰れた日があって、その日に買っておいたパンをプレゼントにしたわけではなさそうだな。パンが古くなるのも気にしないで」

「そんなの、当たり前でしょう」

わたしは呆《あき》れた声を出した。

「どんなに大ざっぱでも、パンは焼きたての方が喜ばれることくらい、わかるわよ」

しかし熊井が手を挙げてわたしを制した。

「そういうことを言いたいんじゃない。几帳面な人が、わざわざ古いパンを贈ったってことの意味を考えなければならない」

今は、それを考えている最中ではないか。わたしはそう言ったが、熊井は偉そうに首を振った。

「今の須田さんの回答から、思いついたことがある。焼きたてのパンが売りの店が、固くなったパンを店頭に置いているわけがない。だから『高坂さんがホワイトデー当日に慌てて
パンを買ったら、たまたまそれが古くて固いパンだった』わけじゃないってことだ。高坂さんは、ホワイトデーのかなり前にパンを入手していたのだろう。そしてそれが固くな

るまで待ってから、須田さんに渡した。一連の行動には、統一された意志を感じる」

「あ……なるほど」

熊井の言うとおりだ。こいつもなかなか賢い。熊井の話は続く。

「固くなったパンに価値はない。それは高坂さんにもわかっていたはずだ。とすると、それをプレゼントに選んだということは、高坂さんは、それを須田さんに食べさせる意志がなかったんじゃないだろうか」

「ええっ？」

わたしと明日香は声を揃《そろ》えた。食べ物であるパンを食べさせないとは、どういうことだろう。熊井はわたしたちの反応に満足したように、唇の端をつり上げた。

「逆に考えれば、高坂さんは須田さんにパンを食べられたら困ったのかもしれない。いったいどんな可能性が、それを現実にするだろう」

わたしは身を乗り出した。熊井は一気に結論を述べた。

「たとえば、パンの中にダイヤの指輪が仕込んであったとか」

一気に脱力した。期待させといて、オチはそれか。明日香もがっかりしたように首を振った。

「もらったパンはよく調べましたけれど、そのようなものは入っていませんでした」

「じゃあ、そのバゲットの中には防水紙が仕込んであって、そこに愛のメッセージが……」

「スパイ小説じゃないんだから」

熊井はまだ、シベリアの捕虜収容所から頭が戻ってきていないようだ。ここは長江に頼るしかない。

「長江くんは、何か思いつくことはないの？」

熊井の話の間、ずっとチーズフォンデュをつついていた長江は、ようやくフォークの動きを止めた。

「うん。須田さんに言ってあげられることはある」

「なに？」

長江はワインをひと口飲んで、明日香に視線を向けた。

「須田さん。去年のバレンタインデーには、市販の板チョコを五枚束《たば》にして、高坂さんに渡したんですよね」

「……ええ」

ふさがっていない傷口を触られたように、明日香が目を伏せる。しかし長江はその様子に無反応だった。

「じゃあ、アドバイスはひとつだ」長江は言った。「今年も同じプレゼントを渡すべきです」

狭いワンルームマンションは、沈黙で満たされた。熊井もわたしも、そして明日香も言うべき言葉が見つからずに黙っている。長江はといえば、話はすべて終わったというふうに、チーズの海にソーセージを泳がせていた。

「――ちょっと、揚子江」

熊井が低い声で言った。「どういうこと?」

「どうもこうも、そのとおりの意味だよ」

長江はソーセージを口に入れた。あち、あちと言いながら咀嚼《そしゃく》して飲み込む。

「今年のバレンタインデーも、去年と同じプレゼントを贈るといいですよって言ったんだ。そうだろう?」

「なにがそうだろう、だ」

熊井が一気にワインを干した。長江が空《から》になったグラスにワインを注いでやる。

「須田さんは、その仕返しに固くなったパンを贈られたのかもしれないって悩んでるんじゃないか。もう一度やったら、さすがに喧嘩《けんか》になるぞ」

長江は頭をかいた。

「ならないよ。っていうか、去年の失敗を取り戻すためにも、そうするべきだ」

「わかんないな」熊井が天を仰《あお》いだ。「揚子江は、いったい何が言いたいんだ?」

「難しく考える必要はないよ」

長江は苦笑した。

「少なくとも俺は、ものすごく単純に考えた。そうしたら、高坂さんの考えが読めてきたんだ」

「考えって」明日香が勢い込んで尋ねた。「どんな考えですか?」

長江は優しい笑顔をゲストに向けた。

「去年の一件は、おそらく高坂さんの深読みのしすぎだったんじゃないかと思うんですよ」

「深読みのしすぎ?」

それは明日香自身が、先刻わたしに対してやったことではないか。長江はうなずく。

「高坂さんは、何を深読みしたのか。須田さんの義理チョコです。須田さんがそんなプレゼントを選択してしまったことが、今回の事件を生みました。さっき夏美は、義理チョコならバレンタイン専用商品を買って終わりだと言いました。そのとおりだと思います。私の職場でも、バレンタインデーにはそんな義理チョコが飛び交っていますから。ところが須田さんのプレゼントは違った。だから他のチョコレートと比べて、ひときわ目立つものだったでしょう」

「だから、それは義理であることを明確にしようとして……」

「須田さんはそのつもりだったのでしょう。けれど、たった今夏美と熊さんが指摘したように、他人はそう思いません。高坂さんもそうだったのではないでしょうか。仮に単なる義理チョコだと考えたとしたら、やはりありきたりなホワイトデーのプレゼントで済んでいたはずですから。あるいはちょっと気の利いた人だったら、市販のキャンディやクッキーを、ちょうど五百円分かき集めたかもしれません」

確かにそうだ。義理チョコだとわかっていたのなら、仕返しなど考えずに、義理で返すだろう。

「高坂さんは、イレギュラーなプレゼントを見て、これはただの義理チョコではないと考えた。けれど本命へのプレゼントとしても変だ。だから彼は、板チョコ五枚の意味を考えた。それにはどんなメッセージが込められているんだろうと」

わたしは唾《つば》を飲み込んだ。

「……高坂くんは、どんなメッセージを読み解いたの？」

長江がひとつうなずく。

「もちろん想像だけど、おそらく彼が着目したのは、量だ」

「りょう?」

なんのことだかわからず、オウム返しに尋ねた。一瞬遅れて、「チョコの量」のことだと気がついた。

「そう。男性一人へのプレゼントとしては、板チョコ五枚は明らかに量が多すぎる。市販のバレンタイン専用商品なら、小さなチョコ四個か五個くらいなのに。高坂さんは、その多さに意味を見いだそうとした。そして結論を導き出した。これは単純にそのまま食べるためでないと」

「えっ?」

さっき「パンは食べるために贈られたものじゃない」と指摘した熊井が反応した。けれど長江は首を振る。

「別にチョコレートに防水紙の恋文が入っているとは考えないよ」

熊井は不機嫌そうに、そっぽを向いた。しかしわたしには思いつくことがあった。

「ひょっとして高坂くんは、明日香が『一緒に食べましょう』というメッセージを込めたと考えたの? 一人で食べるには量が多すぎるから」

「近い」長江はワインを飲む。「でも板チョコ五枚は、二人でも多すぎるよ」

「じゃあ、なんなのよ」

「わからない？」

長江は鍋の縁《ふち》を、フォークで軽く叩《たた》いた。チン、という音を聞いた瞬間、わたしの頭に火花が散った。

「あっ」

熊井も声を出した。

「もしかして、チョコレートフォンデュ？」

「当たり」

長江は笑った。

「いい考えじゃないか？　一人でも二人でも多すぎるチョコ。しかもプレーンな板チョコが大量に贈られた。高坂さんはそれを見て、単に食べるためだけのプレゼントではないと考えた。そしてチョコレートフォンデュに行き着いたんだ。新製品企画部にいるくらいだから、最近の流行には詳しいだろう。チョコレートフォンデュを知っていた可能性は十分ある。板チョコが五枚もあれば、ミルクで延ばしてチョコレートフォンデュができることも。須田さんのメッセージは、『この板チョコをチョコレートフォンデュにして、一緒に食べましょう』ではないかと考えたんじゃないかな」

わたしはすぐに返事ができなかった。テーブルの上を見る。そこでは残り少なくなったチーズが、クツクツと音を立てて煮えていた。答えは、目の前にあったのだ。

そこまでわかると、次の展開は見えてくる。熊井がわたしに先んじて声を上げた。

「そうか。バレンタインデーにチョコレートフォンデュの素《もと》をもらったと信じこんだ高坂さんは、それに応えられるようなホワイトデーのプレゼントが必要だと考えた。しかも須田さんのメッセージと、同じ文法を用いて。もらったのがチョコレートフォンデュのソース部分なら、自分が用意するのは具材だろう。フォンデュの具として、もっともポピュラーなのはパンだ。しかしただのパンを贈ったのなら、そのまま食べられるだけで、自分のメッセージが伝わらない可能性がある。だから数日前にパンを買って、わざわざ固くした。それならばチョコレートフォンデュの具材だと、わかってもらえると考えた。溶かしたチョコレートを絡めれば、固くなったパンもおいしく食べられるから」

「でもそれは、明日香には通じなかった……」

わたしが後を引き取った。当たり前だ。彼女自身はそんなメッセージを込めていない。平安時代の和歌の応酬のようなことをされても、対応に困るばかりだろう。

それでも長江の仮説には説得力があった。優秀で、イマジネーションが豊かすぎる高坂。長江は「他人のちょっとした仕草や、短い言葉からその心の内を推察するのは難しいですね」と言った。ずばりそのとおりだ。高坂は、義理チョコというちょっとした仕草から、明日香の気持ちを推察しようとした。そして見事に間違った。要は深読みのしすぎだ。そう考えて、ふと気がついたことがあった。深読みなら、明日香だって負けてはいない。

なんだ。二人は似たもの同士じゃないか。明日香は好きという感情を押し隠して、わざと義理を強調しようとして、かえって注意を惹《ひ》いた。そしてその義理チョコを深読みした高坂は、とんちんかんなメッセージを返してよこした。そんな、優秀だけれど考えすぎる二人が近づいたからこそ、このささやかな事件が起きたのだ。

「須田さん」

長江は改めてゲストを見た。

「高坂さんは間違ったにせよ、あなたのメッセージに対して応えようとした。それがなぜだか、わかりますね」

明日香はすぐには返事ができなかった。理解と、喜びと、そして申し訳なさが混じった複雑な表情のまま、どんな行動も取れずにいた。

「昨年のホワイトデーに、高坂さんはメッセージを返したつもりでした」

長江は言葉を続けた。

「けれど須田さんはそれに対するリアクションをしなかった。高坂さんは、落ちこんだと思いますよ」

「そっか。それで長江くんは、同じプレゼントを贈れって言ったのか」

わたしはようやくすべての謎が解けた。

「今度こそ、チョコレートフォンデュだとはっきりわかるようにして」

「そういうこと」

長江はいつの間にか、右手に紙片を握っていた。見ると、チーズフォンデュ鍋の取扱説明書だった。そこにはチョコレートフォンデュの作り方が書いてあると、さっき長江は言っていた。

「これを差し上げますから、板チョコ五枚と一緒に渡すといいですよ。それならば、誤解のしようがない」

「あ……ありがとうございます」

明日香が礼を言って取扱説明書を受け取った。その目は少し潤《うる》んでいるようだった。自分は高坂を怒らせたわけではないとわかった、安堵《あんど》からなのか。それとも高坂が自分のことを想ってくれているとわかった、喜びからなのか。あるいはそれに気づかせてくれた、長江に対する感謝からなのか。おそらくその全部だろう。

「次のホワイトデーが楽しみですね」

長江はそう言ったが、隣で熊井が首を振った。

「いや――違う」

「えっ？」

「揚子江は、いちばん大切なところを間違えている」

間違えている？　どういうことだろう。少なくともわたしは、長江の話におかしなところを感じなかった。長江も軽く首を傾げて、熊井を見ていた。熊井は生真面目な表情で鍋を睨んでいた。

「どうしてバレンタインデーまで待つ必要がある？　どうしてホワイトデーに固くなったパンをもらうまで、待つ必要がある？」

熊井は明日香に視線をやった。

「須田さん。この時間なら、駅前のホームセンターは、まだ開いていますよ。フォンデュ鍋を売っている店は」

ぶっきらぼうな口調ではあったが、それは性格のきつい熊井としては、最上級の優しい言葉だった。

明日香が丸い目を見開いた。少しの間そのまま静止していたが、すぐに立ち上がった。

「みなさん、どうもありがとうございました。わたしはここで失礼します」

そそくさとコートを取ろうとする明日香に、わたしは声をかける。

「明日香。駅までの道は大丈夫？」

振り返った明日香の顔は、輝いて見えた。

「大丈夫です。では——」

それだけ言い残して、本日のゲストは去っていった。ゲストがいなくなった部屋には、いつもの三人が残った。

「熊さん、優しいじゃないか」

長江が感心したように言った。熊井はジャガイモをフォークに突き刺して、チーズに浸《つ》けた。

「揚子江が妙な入れ知恵をしたおかげで、彼女の心は、すでに遠くへ行っちゃったからね。引き留める理由はないだろう？」

「まあね」

長江は自分のグラスに自らワインを注いで、ひと口飲んだ。

「熊さんの言うとおりだ」

ゲストはいなくなってしまったけれど、わたしの心は満たされていた。後輩の恋がかないそうだということも嬉しかったけれど、それを長江と熊井が後押ししてくれたことが、なにより嬉しかった。やっぱりこの二人が友達でいてくれてよかった――ワインに酔った頭で、わたしはそんなことを考えた。

長江からワインのボトルを受け取りながら、ふと思いついたことがあった。

「そっか。次の飲み会は、明日香と高坂くんの二人を誘って、チョコレートフォンデュ飲み会もいいね」

素晴らしい発案だと思ったけれど、熊井が慌てて首を振った。

「よしてくれ。そんなフォンデュを囲んだら、熱すぎて火傷《やけど》をしてしまう」

わたしと長江は同時にうなだれた。おっさんか、こいつは。

わたしは友人に冷たい視線を投げかけた。

「熊さん。飲みが足りない」

のんびりと
時間をかけて
純米吟醸
清酒
泡盛
RYUKYU AWAMORI
600ml
2003
750 ml

時間が解決する、という言葉がある。

現代社会では「そんなの待っていられない」という場合がほとんどだけど、それでも時間が必要なことは存在するのだ。たとえばわたしが今、目の前にしているもの。

豚の角煮《かくに》を作るときだって、煮込みに時間をかけることが大切だ。

友人の長江高明から携帯電話にメールが入ったのは、昨晩遅くのことだった。宛先はいつものように、わたしと熊井渚。

『試みに豚の角煮を作ってみたら、結構おいしくできた。酒のつまみにもってこいだ』

いつも淡泊な文章を書く長江が、絵文字を使っている。よほど上手にできたことが嬉しかったのだろう。それに熊井が反応した。

『酒を持っていくから、一人で食べないように』

三人の間ですぐさま段取りが組まれ、翌日仕事を終えてから長江のマンションに集合することになった。翌日、つまり今日は金曜日なのに予定が入っていないのは、最近の若者としてどうなんだという気もするが。

そんなわけで、仕事をそそくさと切り上げると、梅雨《つゆ》の雨が降りしきる中、電車に乗って長江のワンルームマンションに向かった。もう何度目かわからない。問題は長江がわたしの彼氏というわけではないのに、そんな男の部屋に何度も通っていることだろう。飲んだあげくに泊まったことも数え切れないくらいあるが、襲われたことは未だかつてない。おそらく今後もないだろう。つまりわたしたちはお互いに色気を求めているわけではなく、食い気を求めているわけだ。

今日も電車の中では、豚の角煮のことしか考えていなかった。長江はいわゆるグルメではないけれど、味覚はしっかりしている。その彼が「おいしくできた」と言っているのだから、期待も高まろうというものだ。わたしはわくわくしながら電車を降りて、マンションに続く商店街を抜けた。

部屋に入ると、すでに三人の人間がわたしを待っていた。部屋の主である長江と友人の熊井、そして今夜のゲストらしい男性だ。

「赤尾《あかお》といいます。長江くんには、いつも世話になっています」

わたしがテーブルに着くと、ゲストの男性は礼儀正しく挨拶《あいさつ》してくれた。細身で、こけた頰《ほお》に髭《ひげ》のそり跡が黒い。全身に無駄のない、マラソン選手のような雰囲気がある人物だ。

「赤尾くんは民間企業に勤めているんだけど、今はうちの研究所に出向してきているんだ。豚の角煮が好物ということだったから、誘ってみた」

長江がそう説明してくれた。

長江はその優秀な頭脳をどう活かすかを考えた結果、研究者への道を選んだ。現在は国の怪しい研究所で、怪しい研究をしているらしい。なぜ怪しいのかというと、長江が研究内容を教えてくれないからだ。「税金であんなくだらない研究をしていることがばれると、社会問題になるから」とは長江の弁だが、わたしも熊井も信じていない。まあ説明してもらっても理解できないだろうから、無理に聞く気はなかった。

そして今夜のゲストは、長江の研究仲間だという。赤尾も長江と同じく、よくわからない研究をしているのだろう。週末の疲れた頭を混乱させたくないから、今夜はそのことには触れないでいるのが正解だ。

「お勤めは、なんという会社ですか?」

熊井がぶしつけな質問をした。赤尾は少し恥ずかしそうに「品川《しながわ》化学工業です」と答えた。

　熊井が口笛を吹く真似をした。品川化学工業ならば、わたしも知っている。圧倒的な研究開発力を持ち、さまざまなジャンルにおいて基幹部品のトップシェアを握っている会社だ。それほどの会社の研究員をやっているところを見ると、赤尾も相当の頭脳を持っているのだろう。長江も自分と同レベルの友人を持てて、嬉しいのかもしれない。表情が楽しげだ。

「やった。一流企業じゃんか。夏美、アタック、アタック」

　熊井が軽口を叩く。わたしも長江も無視した。

「夏美も来たことだし、始めようか」

　長江がそう宣言して、メインディッシュを取りにキッチンに向かった。

　長江がキッチンで温め直した豚の角煮を、テーブルに置いた。一辺五センチくらいの豚の角煮と、飴《あめ》色になったゆで卵が丼《どんぶり》一杯盛られている。色艶《いろつや》といい、匂いといい、食欲をそそる見事なものだ。

　熊井が酒瓶《さかびん》を取り上げた。手にしているのは、日本酒の四合瓶よりも少しスリムな、透明な瓶だった。中の液体も透明だ。

「豚の角煮だったから、泡盛《あわもり》をセレクトしてみた。古酒じゃなくて、あえて普通の泡盛。

この方が合うんじゃないかと思ってね」

泡盛か。以前沖縄料理屋に行ったときに飲んだことがある。嫌いな味ではなかった。

「そういえば、沖縄でも豚の角煮を食べるんだよね。ラフテー、だっけ。それなら角煮に合いそうね」

「今回は沖縄風に作ってないよ」

長江は言ったが、熊井は笑った。

「なに、楽しんで飲むんだ。合わないわけがない」

熊井はいろいろ細かい奴だけれど、こういうときは正しい答えを口にする。そのとおり。みんなが集まって楽しむのだから、合わないわけがない。

熊井は、長江が準備してくれたミネラルウォーターと氷を使って、手際よく四人分の泡盛の水割りを作った。長江が角煮を取り分ける。

「それじゃあ、俺の傑作を食ってくれ」

長江の声と共に乾杯をした。さっそく湯気の立つ角煮に取りかかる。チューブ入りの練り辛子《がらし》を皿の端に絞り出した。

角煮に箸《はし》を入れる。表面は固い。しかし少し力を入れると、ほろりと崩れた。箸でつまんで口に入れる。

ほくほく、という表現が正しいのだろうか。噛《か》むたびに肉汁と醤油のミックスジュースが口の中に広がる。そこに脂《あぶら》の柔らかさとコク味が加わって、口中に至福が訪れた。肉を飲みこんで、すぐに泡盛を飲む。

泡盛は元来、からっとした酒だと思う。そのあっけらかんとした明るさが、角煮の油っぽさを流し去ってくれた。見事なマッチングだ。熊井が古酒でなく、普通の泡盛を選択した理由がよくわかる。古酒のとろりとした熟成感よりも、若い泡盛のすっきり感の方が、角煮に合っているように感じられた。

「うまいじゃん」熊井が唇の端をつり上げた。「上出来、上出来」

「同感です」赤尾も箸を動かしながら長江を見た。「柔らかいし、味も染《し》みている。よく煮込まれてるね」

「下茹《したゆ》でに一時間、煮込みに二時間かな」

みんながおいしそうに食べているのを、にこにこしながら見ていた長江が答えた。わたしは目を丸くする。

「そんなにかかるんだ。毎日忙しいだろうに、よくそんな時間があったね」

「忙しいっていっても、帰ってから寝るまでに、三時間くらいはあるよ」

長江が軽く手を振った。

「煮込みなんてのは、鍋を火に掛けてからは放っておくだけでいいからね。その間に風呂に入ったり、本を読んだりできる。のんびりと時間をかければいいだけのことだから、いつもの生活と変わらないよ」

「それがわかっていても、実際にやるとなると、面倒くさいもんだ。よくやったよ」

熊井の声に感嘆がある。熊井は食品会社に勤務しているから料理について詳しいけれど、別に料理が好きなわけではない。だから料理の技術というよりは、長江の行動力に感心したのだろう。

「豚の角煮は圧力鍋があると短時間でおいしくできるけど、そんなたいそうな器具は使っていないんだろう？」

「使ってないね」

「やっぱりたいしたもんだ」

熊井が長江を素直に誉《ほ》めるなど、滅多にないことだ。よほど角煮がおいしかったと見える。

「やっぱり角煮は、柔らかいのがいちばんだな」

赤尾が角煮を口に運びながら言った。

「——？」

しみじみとした口調に、少し引っかかるものを感じた。熊井も同様だったらしく、箸の動きを止めた。

「赤尾さん、妙に実感のこもった言い方ですね」

赤尾はふと我に返ったような顔をした。

「あ……そうでしたか?」

「固い角煮に思い出でも?」

熊井がたたみかける。赤尾が狼狽《ろうばい》したような顔で泡盛を飲む。

「いえ……」

困った表情だ。ひょっとしたら、熊井は痛いところを突いたのかもしれない。赤尾にとって思い出したくないことが、豚の角煮を食べているうちに甦《よみがえ》ったのだろうか。

「たいした話じゃありません。以前に、煮込みが足りない角煮を食べたことがあるってだけで」

赤尾は笑顔に戻ってそう言った。それにしては先ほどの反応はおかしかった。赤尾には、間違いなく角煮にまつわる思い出がある。

「赤尾くん、話してみたら?　この連中は、どんな話でもからかったりはしないから」

長江が横から口を挟んだ。聞く者を安心させる、優しい口調で。赤尾はもう一度困った顔を見せたが、それでも隠す気はなさそうだった。

「いや、本当に恥ずかしい話でね。前の彼女と別れたときのことを思い出したんだよ」

豚の角煮と、彼女。妙な取り合わせだ。赤尾は頭をかいた。

「長江くんには、前の彼女のことを話してなかったっけ」

長江が宙を睨《にら》んで思い出す仕草をした。

「——いや、憶《おぼ》えてないな」

「言ってなかったかもね。もともと長江くんは、そういうことに興味ない人だし」

それは同感だ。長江は優秀な頭脳を持ってはいるけれど、他人の色恋話にはあまり関心がない。いや、他人ではなく自分に関してもそうだ。学生時代、何人かの女性が長江に好意を抱いて近づき、その鋭すぎる頭脳に恐怖を感じて離れていった。そういった一連の流れに、この男はまったく気づいていなかった。要は鈍《にぶ》いのだ。

「僕は以前、同じ会社の女の子とつき合っていたことがあったんだ。一年後輩の、マーケティング部の女の子。その子が九州出身で、よく郷土料理の豚の角煮を作ってくれたんだよ」

「その角煮が固かったと」

熊井が口を挟んだ。その後に「それがきっかけで別れたんでしょう」と続けやしないかとはらはらしたが、さすがに熊井もそこまで無神経ではなかったようだ。

熊井のコメントに、赤尾は首を振った。

「いつもは時間をかけて、柔らかく作ってくれたんです。今日の長江くんみたいに」

彼女の手料理、しかもわざわざ時間のかかるメニューを作ってくれたということは、相当深い間柄だったということか。わたしがそう言うと、赤尾は情けない顔をした。

「まあ、最初はそうでした。でも僕の仕事が忙しくなると、どうしても一緒にいられない時間が増えまして。それがちょうど、彼女が本格的にマーケティングの勉強をしたくなって、会社を辞《や》めてアメリカに留学しようかと考えはじめた頃でした」

「アメリカでマーケティングといえば、ＭＢＡですか」

熊井が先読みして言った。ＭＢＡ——経営学修士号のことだ。わたしも聞いたことがある。取得のためには並大抵の努力ではダメだけれど、今や世界のビジネスシーンで、この資格は大きな武器になるらしい。赤尾が熊井に向かってうなずいた。

「そうです。以前から関心はあって、英語の勉強と情報収集はしていたようなんですが、残念ながらうちの会社にはまだ、社員を留学させてＭＢＡを取らせるような制度はありませんで。ですから会社を辞めて行くしかありませんでした。忙しくて相談に乗ってあげられなかった、僕も悪いんです。結局彼女は一人で考えて、結論を出しました。行く、と」

「すごい人ですね」

わたしは心底そう思った。大学を卒業したときには、もう勉強はこりごりだと思った。ましてや就職してからは、日々の仕事に追われて、あらためて勉強しようなどとは、考えることすらしていない。世の中には、行くところへ行けば、優秀な人間はいるものなのだ。

赤尾は泡盛のグラスを傾けた。

「彼女の渡米を機に、思い切って別れることにしました。喧嘩《けんか》をしたわけでもありませんし、嫌いになったわけでもありませんでしたが、遠距離恋愛では続かないと判断しました。お互い若いから、相手をただじっと待つ、という選択肢を採《と》る気はありませんでした。縁がなかったということです」

赤尾はむしろさばさばとした表情だった。

「それが去年の八月のことです。今でもときどきメールをよこしてくれます。それによると、彼女は現在、ニューヨークのコロンビア大学で、ＭＢＡ取得を目指して猛勉強中だとか」

「未練は、なかったんですか？」

つい聞いてしまった。話を聞く限りだと、そのまま別れるのは、もったいない女性だという気がしてくる。赤尾は力のない微笑《ほほえ》みを浮かべた。

「未練はありました。正直に言うと、今でもあります。つき合っているときには、このまま結婚するのもありかな、という話もしたことがありますし。でもまあ、仕方のないことです」

「そうかもしれませんね」そう言った熊井が視線をわたしに向けてくる。

「会社の友達に、遠距離恋愛の末、結婚した奴がいるんだ。そいつの話では、遠距離恋愛を続けるためには、相当に粘っこい努力が必要なんだそうだ。それこそ自由になる時間のすべてを使って、相手が自分のことを忘れないようにする。あるいは自分が相手のことを忘れないようにする。そうしないと、すぐにダメになってしまうんだってさ。そう考えると、赤尾さんたちの場合は難しいだろう。だって彼女は異国の地で、全部英語で猛勉強しなけりゃならない。『起きてから寝るまでの英会話教室』みたいな初歩の勉強とは訳が違う。難解な経営学の論文を英文で読みこなし、しかもそれをネタに英語でディスカッションだ。たぶん学校が終われば、くたくたになるだろう。それなのに相手をつなぎ止めておく努力をしろっていうのは、無理な話だ」

「ずばり、そういうことです」

赤尾が大きくうなずいた。

「ましてや今回は、太平洋を挟んだ超遠距離です。関係を維持するための労力も大変なものでしょう。ですから別れる悲しさより、別れないことによる弊害《へいがい》の方が大きいと考えたんです」

なんかヘビーな話になってきた。いつもなんとなくつき合って、なんとなく別れるわたしには別世界の話に聞こえる。

別世界の話ではあったが、わたしが違和感を感じるのは、そのためだけではなかった。彼女がＭＢＡを取得することと、豚の角煮にはどんな関係があるのだろうか。わたしはその疑問を口にした。

「それで、固い角煮はどうなったんですか？」

「ああ、そういやそうだった」

熊井が思い出したような顔をする。他人の恋愛話が面白くて、すっかり忘れていたらしい。

「先ほどの話だと、固い角煮は彼女が作ったんですよね」

「ええ。いつもは柔らかい角煮を作ってくれていたんです。それなのに一度だけ、彼女が作った角煮が固かったんです」

赤尾が寂しげに笑った。

「角煮が固くなってしまう原因はいくつかあるのでしょうが、あのときは味も染みていなかったし、ごく短時間で作ったものだと、すぐにわかりました。でもせっかく作ってくれたのに文句を言うわけにはいきませんから、黙って食べました。今思えば、彼女が留学を決心した時期のことでした。今までおいしく作ってくれていた料理がおいしくなかった。それがそのタイミングだったので、強く印象に残っているんです」

赤尾が口を閉ざした。短い沈黙が落ちる。

なるほど。好きだった女の子が、自分の元から離れる決心をしたときの食事がそれだったなら、いい記憶にはならないだろう。今夜に限らず、赤尾は豚の角煮を食べるたびに、彼女のことを思い出しているのかもしれない。

「ふむ」

熊井が箸を置いた。腕組みをする。

「彼女はどうして、そのときに限って失敗したんでしょうね」

「そうですね」

赤尾はテーブルの角煮を見たまま答える。

「最初は、留学するかどうか悩んでいた時期だったから、料理に集中できずに失敗したのかと思ったんですが……」

「それはないでしょうね」

熊井がすかさず言った。

「さっき長江も言っていましたが、角煮はいったん仕掛けてしまえば、放っておける類《たぐい》の料理です。悩んで料理に集中できなかったことと、煮込みが足りなくて固い角煮になることとはリンクしません」

真っ当な反論だった。赤尾も動揺せずに話を続ける。

「熊井さんのおっしゃるとおりです。ですから、僕もその考えはすぐに捨てました。そこで考えたのが、あれは彼女が自分の意志を僕に伝えるための、ツールだったのではないかということです」

「ツール？」

意味がよくわからない。わたしがそう言うと、赤尾は説明してくれた。

「こういうことです。煮込む時間が不足していたのであれば、彼女は僕に出す前から、その角煮が固いことを知っていたはずです。いつもの彼女であれば、『ごめん、ちょっと煮込みの時間が足りなかったから、固いと思うけど、我慢してね』とか言うはずなのです。今までも何度か料理の失敗はありましたが、そのたびに彼女は教えてくれましたから。今回はそれがなかった。だから、彼女はあえて固い角煮を僕に出した。そこに彼女の意志を感じるのです」

「つまり、彼女はわざと固い角煮を赤尾さんに出した、と」

熊井が整理し、赤尾がうなずいた。

「はい。意図的ですから、いわばメッセージです。彼女がいなくなってから、僕は彼女がどのようなメッセージを角煮に込めたのかを考えました。真っ先に考えたのは、『留学を機に別れることを決めたから、もう丁寧に料理を作ってなんかあげないよ』というものです」

「それはまた、ハードな解釈ですね」

わたしは少しばかり批判的な口調でコメントした。

「彼女は、そんなに現実的な人なんですか？　現実的というか、変わり身が早いというか」

「夏美、そんなに早まるな」

珍しく熊井がわたしをたしなめた。

「今の仮説は、検証可能だ。夏美の批判は、それが正解だとわかってからでもいいだろう。――赤尾さん。留学なんてものは、決めたら次の日に出発できるというわけではないでしょう。入試もあるでしょうし、ビザ申請をはじめとした各種手続きもあるはずです。

つまり、彼女が留学を決意してから実際に留学するまで、ある程度の期間があった。その間にも、赤尾さんは彼女の料理を何度も食べたのではないでしょうか。その料理のできばえはどうだったんですか？」

赤尾の口が小さく開けられた。「ほう」と言ったような感じだ。

「さすが長江くんの友達ですね。鋭い。ご指摘のとおり、その後も彼女は料理を作ってくれました。どれも丁寧に作られたもので、中には皮から作った水餃子《すいぎょうざ》のような、手のかかる料理もありました。ですからご想像のとおり、『どうせ別れるんだから、ぞんざいに作った』という仮説は成立しません」

わたしは脱力した。それなら、はじめから言え。そもそも、なんで間違っているとわかっている仮説を口にするんだ。おそらく本人は、手順を踏んで丁寧に説明しているつもりなのだろう。けれど凡人であるこっちは、振り回されているとしか思えない。

赤尾はわたしの心情に気づかぬ様子で話を続ける。

「ですから固い角煮に、より一層のメッセージ性を感じるのです。もっと深い意味が込められているのではないか。僕はそう考えました。そこで出た仮説は、未熟のアピールだったんじゃないかということです」

「というと？」

意味がよくわからない。赤尾もそれだけで話を終わらせるつもりはなかったようで、ひとつうなずいて説明をしてくれた。

「煮込みが足りない角煮は、いわば作りかけだということです。つまり未熟な角煮。彼女は僕の好物である豚の角煮を使って、そのことを伝えたかったのではないか。彼女は勉強をするために渡米を決意しました。なぜ勉強するのか。未熟だからですよね。同時に研究者である僕も、毎日遅くまで研究室にこもっているくらいですから、やはり未熟者です。彼女は完成していない角煮を出すことで、『わたしたちはお互いに未熟なのよ。じっくり煮込まれたと言うには早すぎるわ』と僕にアピールしたんじゃないかと考えたんです」

「そりゃまた」熊井が表情の選択に困ったような顔をした。「ずいぶんと迂遠《うえん》な表現の仕方ですね。彼女はそんな回りくどいことをしそうな人なんですか？」

「うーん」

赤尾は天井を睨む。

「少なくとも、直截《ちょくせつ》的な表現が好きな性格ではありませんでした」

「つき合っていた赤尾さんが、彼女ならそんなことをしても不思議はないと思うくらいには」

「そうです」

わたしはすぐには反応できなかった。というか、呆《あき》れた。目の前の男は、たかが豚の角煮にそれほどの意味があると、本気で考えているのだろうか。あるいは、彼らのように優秀な頭脳を持つ連中は、ついそんなメッセージを発信し、そんな解釈をしてしまうのだろうか。わたしは困って、知的な友人を見た。

「長江くんは、どう思うの？」

角煮に辛子を付けすぎてしまったのか、涙目になっている長江は、一口泡盛を飲んでから答えた。

「——ああ、そうだね。赤尾くんの仮説は、よく考えられたものだと思うよ」

ストレートには賛同していない科白《せりふ》だった。

「ということは、長江くんはそうは思っていないと」

「まあね」

長江は赤尾を見た。

「赤尾くんの彼女——いや、元彼女か——がなぜ豚の角煮を固く作ったのか。それは、『猿も木から落ちる』という言葉で表現できる」

「猿も木から落ちる？」

わたしと熊井は同時に復唱した。

「ということは……」

「うん」長江は泡盛を飲む。「彼女は、単純に失敗しただけだと思う」

あまりにも簡単な結論に、赤尾はぽかんと口を開けていた。長江はそんな友人に、からかうような視線を送る。

「赤尾くんが最初に言った仮説。『留学するかどうか悩んでいた時期だったから、料理に集中できずに失敗した』ってのが真相だと思うよ。ちょうど彼女が渡米するかどうか悩んでいた時期だから、赤尾くんがメッセージ性を感じても不思議はない。けれど、ちょっと考えすぎだな。もっとも、それが原因となったことは間違いないと思うけどね」

「原因？」

赤尾がまだ長江の考えを読めていない口調で尋ねる。

「彼女がなぜ角煮を作ったのかを思い出してみよう。赤尾くんが来るからだよね。九州出身の彼女は、豚の角煮が得意料理だった。そして彼氏である赤尾くんは、豚の角煮が好物だった。だから彼女にとって、豚の角煮を作るのはごく自然な選択だっただろう。けれど、赤尾くんが来るということは、彼女がアメリカ留学の話を赤尾くんにすべきかどうか、悩むということでもあるんだ。いわば別れ話を切り出すわけだから、話すかどうか迷うのは当然だよね。こんな迷いを抱えたまま、赤尾くんと顔を合わせることができるだろうか。彼女はそんなふうに考えただろう。アメリカへ行くかどうかという悩みと同時に、そんな悩みを自分が抱えていることを赤尾くんに話すべきかどうか、その点でも彼女は迷っていた。そんなときだったから、彼女はケアレスミスをした」

「ミス?」

「単純なミスだよ。熊さんは『煮込み料理は放っておけばいいから、悩んでいたことと失敗はリンクしない』と言ったけど、ケアレスミスはどうしようもない。たとえば、豚肉の入った鍋をガスコンロに置いたけれど、火をつけ忘れたとか。そんな単純なミス。火をつけて下茹でを開始した気になっていた彼女は、そのまま別の仕事に入ってしまった。肉が煮える匂いが漂ってこないと気づいたときには、すでに遅かった。それから慌《あわ》てて火に掛けても、豚の角煮を十分に煮込む時間はなかった。そんな失敗だよ」

「で、でも」赤尾は反論する。「彼女は料理が失敗したことを、僕に言わなかった……」

「そりゃ言えないよ」

長江は軽く手を振る。

「角煮は放っておけば失敗しにくい料理だ。実際、彼女は今まで赤尾くんに作ってあげた角煮で失敗したことがない。彼女自ら失敗を口にすれば、なぜ失敗したのか、という話になる。失敗した理由は『アメリカ留学しようかどうか考え込んでいて、うっかり火をつけるのを忘れていた』というものだ。どうしてもそこに話が行く。ところが彼女はまだ、アメリカ留学のことを赤尾くんに話すほど、心の整理がついていなかった。だから失敗したと言い出せなかった。びくびくしていたんだろうけど、幸いなことに赤尾くんは何も言わなかった。それならば彼女側からも何も言う必要がなかった。それが、彼女が固い豚の角煮を出しておきながら、何も言わなかった理由」

「そんなあ」赤尾が情けない声を出した。「それだけ？」

「それだけ」

長江はシンプルに答える。

「赤尾くんは、難しく考えすぎだよ。どんな優秀な人間だって失敗はする。すべての行動に意味やメッセージが含まれていると考えていては、相手が気の毒だ」

赤尾は複雑な表情をしていた。長江の説に、納得したくはないけれど納得せざるを得ない——そんな感じの顔だ。

わたしはといえば、長江の説に全面的に賛成できた。料理を失敗したくらいで、彼氏から「この失敗にはどんなメッセージが込められているんだ」と詰め寄られていたら、たまったものではない。

「長江くんの説が真実なら」赤尾は頭をかいた。「固い角煮について彼女に何も言わなかったのは、正解だったということだね。ありもしないメッセージに答えたりしたら、余計な恥をかくところだった」

「そういうこと」

長江の言葉を最後に、この話題は終わった。その後は彼女の留学の話から、長江と熊井のアメリカ旅行の話になったり、最近流行の兆《きざ》しを見せているスペイン産イベリコ豚の話になったりして盛り上がった。そして角煮をほぼ食べ尽くした頃、赤尾が時計を見た。つられて見ると、十一時半になっていた。

「もうこんな時間だ。そろそろ帰るよ。熊井さんと湯浅さんはどうしますか?」

わたしと熊井が返答する前に、長江が口を開いた。

「この二人は、いつも泊まりがけで飲むんだ。だから放っておいていいよ」

「そうなんだ。じゃあ、僕はここで」

また来てくれよという長江の言葉に、ぜひと答えて赤尾は席を辞した。わたしたち三人は玄関まで赤尾を見送った。

赤尾が去って、いつもの三人が残った。わたしたちはテーブルに戻り、顔を見合わせた。

「――ちょっと、揚子江」

熊井が口を開いた。「どういうこと？」

同感だった。長江のマンションで飲むとき、わたしたちは泊まることもあるけれど、いつもではない。むしろ終電前にきちんと帰ることの方が多い。それなのに、なぜ長江は「いつも泊まりがけで飲むんだ」などと言ったのか。

長江は静かに泡盛のグラスを傾けた。

「だいたいは、想像がつくんじゃないのか？」

「まあね」

熊井もグラスを取る。

「揚子江がどんなことを考えているかはともかく、発言の意図するところはわかる。赤尾氏の彼女のことだろう？」

長江は笑顔を作った。「そのとおり」

「なるほど」

熊井の言葉を聞いて、わたしもようやく想像がついた。

「彼女がケアレスミスで角煮を失敗したという長江くんの説明。あれは真実じゃないのね。そのことを赤尾さんに知られたくないから、彼だけを帰した」

そういうことなのだろう。そうでもなければ、いくら親しいとはいえ嫁入り前の娘を

「男のところに泊まるのが普通だ」なんて他人に言わない。

長江はいったんテーブルを離れ、冷蔵庫から氷の追加を取り出して戻ってきた。自分の泡盛に氷を足し、口を開く。

「俺が繰《く》り広げた『彼女が悩んでいて、うっかり火をつけ忘れた』説。これは正解だと思うかい？」

「間違いだね」

熊井が即答した。

「その説には、作る側の視点が欠けている。煮込まれていない固い角煮は、はっきり言ってまずい。バラ肉の脂身なんか、食べられたものじゃないだろう。ちょっと味が濃すぎたとか、そういった失敗とは次元が違うんだ。角煮が得意料理の彼女が、そんなものを彼氏に出すもんか。失敗したのが本当だとしたら、それは食卓に出さないよ。もちろんそれ以外の食材を用意していなかった可能性も否定できないけれど、自炊していたのなら他の食材くらい何かあるだろう。そのまま結婚もいいかなとまで話していた相手なら、さほど気取る必要もない。アジの開きでも何でも焼いて出す方が自然だ。そもそも豚の角煮だって、それほど気取った料理じゃないんだから」

「そうだね」

熊井の回答に、長江はうなずいた。

「俺もそう思う。だからやはりこう考えざるを得ない。煮込む時間が足りなかったのが意図的にしろ過失にしろ、彼女はあえて赤尾くんに固い角煮を食べさせた」

「え、えっと……」

長江説を信じ切っていたわたしは、混乱を収めるために口を開いた。

「やっぱりメッセージだったの？　固い角煮が？」

「メッセージかどうかはともかく、明確な意志が込められているのは間違いないだろうね。煮込み料理の特徴は、時間をかけないとおいしくないことだ。つまり、時間をかけていない以上、食べる前からまずいとわかっている。彼女の立場だったら、まず最初に『ごめん、煮込みが足りなかったから、固いかもしれない』と言って、予防線を張るだろう」

「でも」わたしの混乱はまだ収まらない。「長江くんはさっき、失敗した理由を言わなければならなくなるから黙っていたって言ったじゃない」

「言ったよ」

長江はあっさりと認めた。

「でもあれは、赤尾くんの記憶の混乱を利用して、無理やり納得させるための方便だよ」

ますますわからない。「記憶の混乱？」

「赤尾くんはすでに結果を得ている。彼女が自分と別れてアメリカに留学したという。事実、今日の彼の話を聞いていると、すべてそれが前提になっていた。夏美が、彼女が固い角煮を出した理由を尋ねたとき、赤尾くんはなんて答えただろう。まず、留学のことで悩んでいて失敗した説。次に留学を決めて別れることにしたから、もう丁寧に料理を作ってあげないよ説。最後に未熟をアピールするためにわざと固く作った説。どれもが彼女が留学したからこそ考えついたものだ。でも実際に固い角煮が出たのは、赤尾くんがその情報をいっさい得ていなかったときのことだ。赤尾くんは留学のインパクトが強すぎたせいか、その時点で自分は何も知らなかったことを忘れている。それならば彼女は、他の料理を作ることができなくて固い角煮を出さなければならなかったとしても、わざわざ失敗した本当の理由を言う必要はない。『うっかり火をつけ忘れたから、煮込む時間が取れなかった』と現象面だけ伝えればいいだろう」

「角煮を失敗したのなら、出さなければいい」

熊井が整理した。

「出さざるを得なかったのなら、単純に失敗したとだけ言えばいい。そのどちらでもない以上、彼女はやはり意図的に固い角煮を赤尾氏に食べさせたということだな」

それはわかった。では、なぜ彼女はそんなことをしたのだろうか。ここでわたしたちは、赤尾と同じ疑問に立ち戻ることになる。彼女は固い角煮に、どのようなメッセージを込めたのだろうか。わたしがそれを口にすると、まず熊井が発言した。

「まず、留学を決めて別れることにしたから、もう丁寧に料理を作ってあげないよ説だけど、これは否定できるね。その後にも手の込んだ料理を作ったようだから」

「じゃあ、未熟説が正しいの？」

「正しくない」

熊井はきっぱりと言った。

「揚子江が指摘したとおり、その時点で赤尾氏は留学のことをまったく知らなかった。未熟だというメッセージは、彼女が留学について迷っているという予備知識がないと、正確に理解できないはずだ。彼女がそれに気づかないわけがない。事実、赤尾氏は彼女が留学した後になってはじめて、固い角煮にメッセージ性を見いだした。遅すぎる」

「熊さん、今日は鋭いじゃん」

わたしはちょっと感心した。今日の熊井の指摘は、長江と遜色ないレベルだという気がする。熊井はわたしのコメントが気に入らなかったらしく、「いつもだ」と胸を反《そ》らせた。

「じゃあ、彼女のメッセージはなんだったんだろうね」

わたしが言うと、熊井は胸を反らせた体勢のまま、頭の上で両手を組んだ。

「それがわからないから困っている」

「なんだ」

それがわからないと、意味がないではないか。わたしたちは長江を見る。長江は嘘までついて赤尾を帰した。それは長江が真相をつかんでいるからに他ならない。

「長江くんは、どう思うの？」

「そうだね」長江は角煮を箸でつまんで口に運んだ。「考えていることは、ある」

「どんなメッセージ？」

わたしが勢い込んで尋ねると、長江はゆっくりと首を振った。

「たぶん、それはメッセージじゃない」

「メッセージじゃない？」

どういうことだろう。わたしたちは今まで、固い角煮のメッセージ性について議論していたのではなかったのか。わたしがそう言うと、長江はまた首を振る。

「意図的なものであっても、それがメッセージであるとは限らない。メッセージは伝えるものだ。できれば正確に。けれど赤尾くんはメッセージを正確に受けとめるどころか、それがメッセージであることにすら気づかなかった。ということは、はじめからメッセージなどなかったんじゃないか——俺はそう思った。では彼女の意図は何か。ここで二人に考えてほしい」

　長江はわたしたちのグラスに泡盛を注《つ》ぎ足した。まるでわたしたちが、アルコールなしではものを考えられないと信じ切っているように。

「彼女の留学の件は、いったん忘れてくれ。そして赤尾くんになりきってくれ。彼は仕事が忙しく、いつも彼女と会えるわけではない。そして久しぶりに会う時間が取れたから、いそいそと彼女の部屋に向かう。そこで出されたのが、煮込み時間の足りない、固い豚の角煮だった。彼女はそれについて何も言わない。——さあ、君たちならどう思う?」

　わたしは腕組みをして宙を睨んだ。わたし自身がそんなシーンに出くわしたことを想像する。あまり豊かとはいえない恋愛体験を総動員して考える。

「わたしなら、やっぱり心が離れはじめたと考えるかな。自分が忙しくて、滅多に会えなくなる。しびれを切らした相手の心が醒《さ》める。そんなことはよくあるから。角煮のように、特別なテクニックは必要ないけれど時間をかけなければならない料理は、相手への愛情というか、思いやりがあってはじめてできると思うの。彼女がそれをやらなかったということは、わたしが赤尾さんなら、彼女が自分から離れつつあるんだなと実感すると思う」

「ふむ」長江が特に感情を込めずにそう言った。「熊さんは?」

「逆」

熊井は短く答えた。

「単純に、自分だけでなく彼女も忙しいんだなと考える。それが『あたしだって忙しいのよ』というメッセージである必要はない。自分がそう考えたということだから。それならば彼女に何もかも押しつけようとしないで、負担を分担しあいながら関係を続けようと思うかな」

あらら。まさしく正反対だ。熊井は性格がきついけれど、別に冷たい人間ではない。そんな熊井なら「しょうがないなあ。家事の半分は、今後任せろ」とか言いそうだ。ぶっきらぼうに。

長江はわたしたちの意見を穏《おだ》やかな表情で聞いていた。そしてその表情のまま、口を開いた。

「もちろん、正解のある問題じゃない。とりあえず二人とも、ふたつの回答を憶えておいてくれ。赤尾くんの話を聞いていて俺が気になったのは、彼女が留学を決心したくだりだ。彼女は一人で考えて、一人で結論を出したと、赤尾くんは言った」

「そうだったね」

わたしも思い出していた。

「忙しくて相談に乗ってあげられなかった自分も悪かったとも言っていた気がする」

長江はひとつうなずいた。

「まさしくその点だ。悩んでいる彼女が、彼氏に相談しないなんてことがあるだろうか？」

「うーん」熊井が天井を見上げた。「彼女が『ちょっと相談に乗ってほしいことがあるの』と言って、『今忙しいから、後で』と赤尾氏が答えたのなら、そういうこともあるだろうけれど」

それは違うだろう。忙しくて相談に乗ってあげられなかった、というのは、相談を受ける機会がなかったという意味のはずだ。熊井が言及したようなことがあれば、赤尾は彼女の悩みにもっと早く気づいただろう。

「そう思う」

わたしの意見に長江は同意してくれた。

「彼女はＭＢＡ取得を志すほどの人物だ。自分自身で判断することの大切さを知っているし、常日頃からそうしたいと考えていたはずだ。恋人とはいえ、他人の意見に唯々諾々《いいだくだく》として従うのをよしとはしないだろう。けれどこの場合、このまま結婚もいいかなとまで話していた相手なんだ。相談せずに一人で決めるなんてことがあるだろうか？」

「難しいところだな」

熊井が言葉どおり難しい顔をした。

「仕事をしているうちに本格的にマーケティングを学びたくなって、アメリカに留学してMBAを取ろうとする。そこだけ聞くと美しい話だけど、実際にやるとなると相当不安なはずだ。世界中から優秀な人間が集まって来るアメリカの一流大学だ。自分の力で通用するのかという不安もあるだろう。赤尾氏の話では、彼女は以前から興味があって英語の勉強をしていたらしい。ということは、アメリカ在住経験のある帰国子女というわけでもなさそうだ。言葉の問題や、見知らぬ異国で生活できるのかといった不安も大きいだろう。しかもMBAを取ったからといって、望む仕事にありつけるかどうかもわからない。いくら高度な資格を持っていたって、日本企業には女性を柔軟に登用するところは少ない。かといってアメリカに残って現地企業で働くのも、外国籍の人間はやはり不利だろう。彼女は当然そこまで考えたはずだ。おそらく希望より不安の方が、大きかった」

さすが熊井だ。夢を冷静に分析することができる。

「一方MBAを諦《あきら》めて日本に留まったらどうだろう。自分の現有の実力を発揮できる職場に勤務し、いずれは将来有望な実力派研究員と結婚だ。おそらく一定以上の幸せが手に入る。それが悪いこととは全然思わないけれど、一度夢を持ってしまった人間は、夢を捨てることに大きな心理的抵抗が働く。そう考えると、彼女は本当に悩んでいたんだろう。

揚子江の指摘したとおり、彼氏の意見に唯々諾々と応じるとは思えないけれど、それでも自分一人で結論を出すには重いテーマだな」

長江は熊井の明晰《めいせき》な分析に満足そうだった。

「そうなんだ。だから俺は考えた。赤尾くんは否定したけれど、実は彼女は相談していたんじゃないか、と」

「相談していた？」

そう繰り返した直後に、頭の中に火花が散った気がした。

「まさか、それが角煮？」

「そっか」熊井も気づいたようだった。

「彼女は相談したかった。けれど相談することにも抵抗があった。そこで固い角煮を出すことによって、彼氏である赤尾氏の反応を見て、態度を決めようとした。相談したことを相手に気づかせずに相談する、いわば彼女はサイコロを振ったわけだ。そうか。それで揚子江はあんな問いかけをしたんだな。赤尾氏が夏美と同じ反応を示せば、赤尾氏は自分に対して距離を置きはじめたことになる。それならば自分はアメリカに行こう――」

「そして熊さんと同じなら」

わたしが後を引き取った。

「赤尾さんは力を合わせてやっていこうという意志を示したことになる。それならばアメリカを諦めて、これを機会に結婚してしまおうと考えた」

そうか。わたしは長江の言葉の意味をようやく理解していた。長江はメッセージではないと言った。メッセージは伝えるものだ。しかし彼女が求めていたのは自分一人の決断をメッセージとして伝えることではなく、赤尾に相談することだった。でも真面目に相談するのもためらわれた。相談しないのも辛《つら》いし、相談するのも嫌。だから彼女はそんな手段を使った。だから固い角煮を出したときに、彼女はそれが失敗作だと言わなかったのだ。言ってしまえば、赤尾の反応にバイアスがかかってしまう。どちらかというと、熊井の考えの方に賽《さい》の目を誘導することになるだろう。「いいよ。君も忙しいんだろう」というふうに。それはアンフェアだ。彼女はそうしたくなかった。

長江は友人たちが解答にたどり着いたことを喜んでいたようだが、表情は冴えなかった。

「俺の『彼女が悩んでいて、うっかり火をつけ忘れた』説。熊さんは間違いと断言したけれど、あながちそうともいえない。相談だけのために、わざわざ固い角煮を作ったとは考えにくいからね。彼女はそれほど暇ではないはずだ。悩んでいて、うっかり火をつけ忘れたことに気づいたとき、そこで考えついたことなんじゃないかな。彼女は豚肉にささっと火を通し、それを食卓に出して赤尾くんの反応を待った。ところが、赤尾くんの反応ときたら……」

熊井がその話を思い出した。

「赤尾氏の反応は、『でもせっかく作ってくれたのに文句を言うわけにはいきませんから、黙って食べました』だった。つまり、無反応。彼女は回答を得られなかった……」

長江は小さくうなずく。

「そう。赤尾くんは、そのとき最もやってはならないことをしてしまったんだ。夏美のように『もうダメかな』と言うか、熊さんのように『力を合わせてがんばろう』と言えばよかったんだ。彼女は赤尾くんとの関係に整理をつけられる。別れるにしても、結婚するにしても。それなのに赤尾くんは無反応だった。そう考えると、サイコロよりもルーレットに譬《たと》えた方がいいかもしれない。彼女が投じた玉は、赤でもなく黒でもなく、ゼロのポケットに入ってしまった。彼女の心は宙ぶらりんのまま、アメリカ行きを決心した。赤尾くんに対しても、中途半端に心を残したまま別れることになった」

「そうか。それで揚子江は赤尾氏を帰したのか」

熊井は嘆息した。

「赤尾氏が真相を知れば、後悔するだろう。彼女の相談を、いわば無視したわけだから。

現在のところ赤尾氏は、多少想いを残しているとはいえ、心の中で彼女との関係を決着させている。それをわざわざ蒸しかえすことはない」

そういうことなのだ。しかも、今さら知ったところでどうしようもない。長江が得た真相は、なんの役にも立たないものだった。だから赤尾に黙っているというのは、正しい判断なのだろう。

長江は空《から》になった丼を見つめた。

「赤尾くんが真相を知ってしまったら、彼女への想いが再燃するだろう。超遠距離恋愛の可能性を模索しはじめるかもしれない。拙速《せっそく》に事を運ぼうとして、アメリカで頑張っている彼女を混乱させる可能性もある。それはよくないことだ」

「そうだね。よくないことだ」

熊井も同意した。

「赤尾氏はすぐにまた、別の彼女を見つけるかもしれない。彼女も現地で彼氏を見つけるかもしれない。それはそれでいい。二人とも納得ずくのことだから。あるいは二人ともフリーのまま彼女が帰国するかもしれない。その頃には彼女は大人になっていて、悩み事があってもプライドに邪魔されずに、正々堂々と相談できるようになっているだろう。そんな、より一層いい女になった彼女に、赤尾氏はまたメロメロになるかもしれない。それならそれでもいい。何かが始まるとしても、そこからでいい。他のことをしながら、焦らずのんびり、時間をかけて進めばいいんだ」

「そうね」

わたしは泡盛を飲み干し、グラスを置いた。

「豚の角煮を作るみたいにね」

身体によくても、
ほどほどに
COGNAC
PAULGIRAUD
Très Rare
GRANDE CHAMPAGNE
Premier Cru de Cognac
NOVEMBER
1974
純米吟醸
山田錦
清酒
泡盛

もちろん愛の形は様々だ。いくら他人からは奇妙に見えようとも、あるいはムードがないように思えようとも、当人たちにとってはそれが当然、あるいは必然となることはある。

それは理解しているけれど、この場合やっぱり奇妙で、ムードはない。少なくとも、わたしの目にはそう映《うつ》る。

だって、ぎんなんを目の前にしたプロポーズだもの。

通常の飲み会だと、長江高明のメールから始まることが多い。彼が肴《さかな》のアイデアを提案して、わたしと熊井渚がそれに乗るという形だ。けれど今回は珍しいことに、熊井が話を持ちかけてきた。

一日の仕事を終えて部屋でくつろいでいるときに、携帯電話がメール着信を知らせるメロディを鳴らした。

『秋も深まってきたから、ぎんなんを肴に日本酒を飲むというのはどうだ？　ゲストも連れて行く』

ぎんなんとは、また渋い選択だ。酒飲みの熊井らしい提案でもある。もちろん断る理由などないから、三人の間で日程の調整が行われ、何度目かわからない飲み会が決定した。

当日。仕事を終えたわたしは、都心のターミナル駅から私鉄に乗り換えて、長江のワンルームマンションに向かった。飲み会の会場がそこだからだ。わたしのアパートは女性専用だし、熊井は自宅で親と同居している。消去法で長江の部屋が会場になるのは、仕方のないことだといえる。長江の住まいは新しくてきれいで、しかも片付いている。わたしと熊井が酔いつぶれてもそのまま眠れるように、専用の寝袋まで用意されているのだから、飲み会の場所をそこ以外にする理由が見つからない。というわけで、今日も長江の家に向かっている。

目的地に到着すると、すでに熊井はひと足早くくつろいでいた。部屋には長江と熊井、そしてすらりとした美女がいた。

「塩田律子《しおだりつこ》さんだ」

熊井が紹介してくれた。

「会社の同期でね。前々から呼びたいと思っていた人材だ」

　はじめまして、と塩田律子が頭を下げた。熊井と同期ということは、現役ならわたしと同じ歳だということだ。けれど柳の葉のような眉が愁《うれ》いを帯びている面差《おもざ》しは、わたしたちより二、三歳年上に見えた。わたしも挨拶《あいさつ》を返す。

「礼儀正しい人ね。とても熊さんの同僚とは思えない」

　わたしがそう言うと、熊井は失礼な、と頬《ほお》をふくらませる。

「エンデンは」

　熊井が言った。一瞬何のことだかわからなかったけれど、すぐに『塩田』の音読みだということに気がついた。塩田律子は会社でそう呼ばれているのだろう。

「エンデンは、恐れ多くも結婚直前なんだぞ。その忙しい合間を縫《ぬ》って来てくれたんだから、少しはありがたがれ」

　知らない人間が聞いたら眉をひそめるような、傲岸不遜《ごうがんふそん》なものの言い方だ。でも熊井の性格に慣れきっているわたしたちにとっては、これは飲み会になくてはならないスパイスのようなものだ。わたしはわざとらしく「ははーっ」と深くお辞儀をしてみせた。熊井は満足そうにうなずく。

「それはおめでとうございます」

長江がそう言いながら、テーブルにグラスを置いた。飲み会のときにだけ現れる、キャンプ用のテーブルだ。長江は穏《おだ》やかな笑顔をゲストに向ける。

「相手の人も連れてくればよかったのに」

「いえ、それが出張中なんです」

塩田律子――エンデンさんが手を振って答えた。

「出張って、どこだっけ」

熊井がエンデンさんに尋ねる。その口ぶりからすると、相手も同じ会社の人間なのだろう。

「デンマーク。今週いっぱい帰ってこないのよ」

エンデンさんが短く答える。デンマークといわれてもピンとこない。最近デンマーク産の豚肉をよく見かけるくらいだ。熊井は食品会社に勤めているから、エンデンさんの婚約者はデンマークで豚肉の仕事でもしてくるのかもしれない。いい加減な推測だけど。

デンマークなら呼ぶわけにもいかないですね、と言い残して長江はキッチンに戻る。しばらくしたら、カラカラという音と、はぜるような音が聞こえてきた。ぎんなんを煎《い》っているのだろう。今日のメインディッシュだ。なにかにつけてまめな性格の長江は、料理向きの人材だ。一方わたしはぎんなんのから煎りなど、したことがない。熊井に至っては、知識は豊富なくせに、実際にやるのは嫌いときたもんだ。ここは下手に手伝おうとせずに、待っていた方がいいだろう。そう考えて、キッチンには向かわなかった。

待つことしばし。長江がトレイを持って戻ってきた。「お待たせ」

トレイには、皿が五枚載っていた。一枚が大皿で、四枚が小皿。大皿には煎ったばかりの大量の殻《から》付きぎんなんが、小皿にはぎんなんにつける塩が盛りつけられている。それからペットボトルの下半分を切り取ったもの。「ぎんなんの殻入れだ」と長江が説明してくれた。本当に気の利《き》く奴だ。

熊井や長江がそうであるように、わたしもぎんなんには目がない。皿からは、香ばしい焙煎臭《ばいせんしゅう》にぎんなん独特の芳香が加わって、心躍る香りが立ち上っている。それをかぐだけで、これから訪れるはずの悦楽に、期待が高まった。

戸棚をごそごそやっていたと思ったら、長江はラジオペンチを片手にテーブルに戻ってきた。説明されずともわかる。ラジオペンチで殻を割ろうというのだろう。予想どおり長江は席に着くと、大皿を手元に引き寄せて、ぎんなんの殻を片端からペンチで割りはじめた。みるみるうちにぎんなんが食べられる状態になっていく。

「なんか、内職でやってるみたいな手際の良さだな」

熊井が感心したようにコメントすると、長江は「よく知っているな」と簡単に答えた。

その会話が終わる頃には、五十個はあろうかというぎんなんの殻すべてにひびが入っていた。

「ご苦労。じゃあ、始めようか」

熊井が日本酒の瓶を片手に宣言した。栓《せん》を開け、四つのグラスに日本酒を注《つ》ぐ。

「静岡の酒だよ」

熊井はそう言った。

「日本酒っていえば新潟とか灘《なだ》とかが有名だけど、実は静岡にもいい酒があるんだ。これもそのひとつでね」

わたしも酒は飲むけれど、酒についての知識は乏《とぼ》しい。静岡にいい酒があるどころか、静岡で日本酒を造っていること自体知らなかった。それでも熊井が持ってきたのだから、まずいはずがない。グラスを鼻に近づけた。純米酒らしいコクのある香りの中に、マスカットのようなフルーツ感が混ざっている。上質な香り立ちだ。これは期待できる。

今日の飲み会を企画した熊井の発声で乾杯した。さっそくぎんなんに取りかかる。まだ熱いぎんなんをつまみ上げ、ラジオペンチで作った割れ目に両手の指を当てる。少し力を入れると、殻は簡単に割れた。中から茶色い薄皮に包まれたぎんなんが出てくる。じっと持っていられないくらい熱い。すぐに小皿に落とす。塩の付いたぎんなんを、爪楊枝《つまようじ》に刺して口に運んだ。

ぎんなんはほくほくと熱かった。そして独特のわずかな苦み。静岡の酒を飲む。フルーティな香り立ちからは意外なほど力のある味わいが、ぎんなんの苦みをしっかりと受けとめて、口の中に花が咲いたような感覚が広がった。

「うーん、いいねえ」

思わず親父くさい感想をもらしてしまった。けれどそれを咎《とが》めるような人間はここにはいない。長江も熊井も最初の一個を味わうのに集中していたし、初対面のエンデンさんがそこにコメントするはずもない。

「やっぱりうまいな」熊井も言った。「子供の頃は、この味が苦手だったんだけどな」

「あら、そうなの?」わたしがすかさずつっこむ。「熊さんなら、子供の頃から酒の肴ばかり食べてたと思ってた」

「それ、賛成」と長江が笑う。そんなわけないだろうと熊井は憮然《ぶぜん》とした表情を見せた。そんな中でも熊井の手は、次のぎんなんを求めて大皿に伸びている。

「まあ、いくらなんでも子供には、煎ったぎんなんを出さないよね。茶碗蒸しに入っているのを食べさせられるくらいだ」

長江もふたつめのぎんなんをつまんだ。

「俺も子供時代には嫌いだったな。この季節、イチョウ並木はすごい匂いがするだろう？ぎんなんの匂いは、要はあの匂いだからね。食べずにいると、お袋が『ぎんなんを食べるとおねしょしなくなるから』とか言って食べさせようとしたな」

思わず吹き出しそうになる。神童がそのまま大人になったような長江にも、おねしょをしていた時代があったのか。当然なんだけど、現在の完璧な長江を見慣れているだけに、やっぱり意外な気がした。

「ぎんなんを食べるとおねしょが治るって話はよく聞くね。まるっきり根拠のない話でもないらしい」熊井も言った。その表情を見ると、目が笑っていた。わたしと同じ感想を抱いたのかもしれない。

「ぎんなんってのは、民間療法にはよく登場する食材だよ。漢方にも使われるんじゃなかったかな。咳《せき》とか、喘息《ぜんそく》とかに効《き》くというのも有名な話だ」

「そうなんだ」

有名といわれても、知らないものは知らない。さすが食品会社の社員は、食べ物にまつわる知識をたくさん持っている。熊井の解説は続く。

「しくみとかはよく知らないけれど、気管支系には本当に効くらしいよ。一説には食べ過ぎると、逆に呼吸困難になるとも言われている。そうだよね。エンデン」

話を振られたエンデンさんは、日本酒のグラスを置いてうなずく。

「そうらしいです。だから大人でも一度に食べるのは、十粒程度にしておいた方がいいと言われていますね。イチョウというのは、そういう植物なんですよ。葉っぱにも血流改善効果があって、ヨーロッパでは医薬品として扱われているくらいです」

そうだったのか。わたしたちは食材として食べているけれど、半分くらいは薬みたいなものなのか。

「じゃあ、ぎんなんを丼《どんぶり》一杯ってわけにはいかないね」

「やめといた方が無難だろうな。だから今日も、一人あたり十二、三個分しか買ってこなかった。まあ、夏美だったら丼一杯食べてもけろりとしてるだろうけどね」

「熊さんにだけはそんなこと言われたくないけど、このぎんなんって、わざわざ買ってきたの？」

ちょっと意外だった。熊井が唐突にぎんなんで飲み会をやろうと言い出したから、田舎の親戚から送られてきたとか、そんなふうに予期せず手に入ったものだろうと考えていたのだ。しかし、わざわざ今夜のために買ってきたのだという。なぜぎんなんなのだろう。

わたしがその疑問を口にすると、熊井は今夜のゲストをちらりと見た。

「実はね、それはエンデンに関係がある。というか、二人にエンデンの話を聞いてもらいたくて、今日の飲み会を開いたんだ」

熊井の表情が珍しく引き締《し》まっている。どうやら茶化していい内容ではなさそうだ。長江も真面目な口調で答えた。

「熊さん、どんな話だい？」

熊井は日本酒の入ったグラスを干した。話をするのに喉《のど》を湿らせるためだろう。長江が空いたグラスに酒を注いでやる。

「さっき、エンデンは結婚が近いって言っただろう？　会社の一期先輩と、再来月結婚することが決まっている。開発部の藤岡《ふじおか》さんって人で、なかなかの好男子だ。まあ、美男美女のカップルだな」

めでたいことではないか。そう思ったが、先ほどエンデンさんの眉が愁いを帯びていたのを思い出した。何か結婚について気にかかっていることがあるのだろうか。

「実はそうなんだ。エンデンはちょっと悩んでいてね。といってもそれほど暗い話ではない。マリッジ・ブルーという言葉があるけれど、そういった情緒不安定でもない。わりと、はっきりした原因のある悩みだ。いや、悩みというほどでもないか。なんとなくもやもやしているとでもいおうか……」

熊井らしからぬ曖昧《あいまい》な説明だ。そっちの方がよっぽどもやもやしている。そのために連れてきたのに、友人の心の内を説明することに、ためらいを覚えているのだろうか。それを察したらしい長江が助け船を出した。

「熊さん、本人から話してもらったらどうだ？」

「そうですね。わたしからお話しします」

エンデンさんが答えた。日本酒をひと口飲む。

「熊さんがこのような席を設《もう》けてくれたのには感謝しています。まあ、飲み会のバカ話のひとつと思って聞いてください。熊さんが言ったように、わたしは再来月に結婚することになっています。結婚を決めたのは去年の今頃でしたから、ちょうど一年前になります」

思わず身を乗り出してしまう。女にとって、他人の恋愛話ほど面白いネタはない。

「藤岡さんのことは新入社員の頃から知っていましたが、つき合いだしたのはずっと後になってからです。二年くらいつき合っていたんですけど、あんまり結婚しようって雰囲気はなかったんです。いえ、もちろんそのことを考えないわけではありませんでしたし、結婚したくないわけでもありませんでした。でも、責任転嫁するようですけど、彼の方にまったくその気が感じられなかったんです。だからしばらくないかなと思っていたら、突然プロポーズされたんです。まったく心の準備がなかったところにいきなり花束を突きつけられたような気がして、思わずオーケーしちゃいました」

いい話ではないか。単なるのろけ話ではあるけれど、ひとが幸せになるのに異論はない。でも目の前の女性は、幸せいっぱいというには表情が冴えない。

「結婚が決まってからは有頂天になっちゃって、式場とかウェディングドレスとか新婚旅行の行き先とか、夢中になって準備を進めました。そんなある日、ふと思い出したことがあったんです。全然たいしたことじゃないんですけど、気になりだすと止まらなくて」

「というと?」

長江が優しく先を促す。エンデンさんは少しうつむいた。

「プロポーズのときのことなんです」

「プロポーズというと、さっき言っていた突然されたという?」

「そうです。お鮨屋《すしや》さんでのことでした。鮨屋といっても高級なところではなくて、かろうじて『廻っていない』というレベルの店です。値段のわりに味がよかったから、二人でときどき行く店なんですけど、そこでプロポーズされたんです」

鮨屋でのプロポーズか。ムードとしてふさわしいかどうか、判断が微妙なところだ。そんなことを思ったけれど、とりあえずエンデンさんの話を聞く。

「鮨に入る前、前菜感覚で軽い料理を食べていたときのことです。彼が出されたぎんなんを見て『ぎんなんなんて食べるのは何年ぶりだろう。今はおいしいと思うけれど、子供の頃は苦手だったなあ』と笑っていました」

誰でも通る道は同じものだ。プロポーズネタということもあり、ほのぼのとした気分になったところにエンデンさんの話は続く。

「ところが不意に真面目な顔になって、ぽつりと言ったんです。『そろそろ、家庭を持とうか』って」

「それで、ぎんなんですか」

わたしは一足飛びに結論を口にした。ここでようやくエンデンさんとぎんなんがつながった。そう思ったからだ。ところが熊井が口を挟んだ。

「夏美、先を急ぐな。話はまだ続きがある」

「続き?」

エンデンさんがええ、と答え、大皿からぎんなんを取る。ぱきりと殻を割って、中身を口に運ぶと、苦みを嫌うように唇をわずかに曲げた。

「そのときはハイになってしまって、深くは考えずにオーケーしました。それはそれで後悔していません。深く考えたところで、どちらにせよオーケーしたでしょうから。ところが先月になって、ふとそのときのことを思い出したんです。熊さんと昼食に出て、丼ものの専門店に入ったときのことです。そこは丼定食に茶碗蒸しが付くから気に入っているのですが、そこで茶碗蒸しを食べていて、具として入っているぎんなんを口にしたときに、プロポーズのときの光景が甦《よみがえ》ってきたんです」

それはわからないでもない。香りや味は、記憶を呼び覚ますスイッチになることが、よくある。彼女の場合は、それがぎんなんの味だったということなのだろう。

「そのときの光景というのは、彼がぎんなんを前にして『そろそろ、家庭を持とうか』と言ったということですか？」

長江が話をうまく誘導する。この流れだと、それ以外の科白《せりふ》があったということだろうから、それを言いやすくするための合いの手だ。長江の狙いどおり、エンデンさんはすぐさま首を振った。

「それだけじゃなかったんです。彼は『そろそろ、家庭を持とうか』って言った後に、ぎんなんを食べながら『こんなおいしいぎんなんを、家でも食べようね』って続けたんです」

「うーん」

わたしは腕組みをする。正直なところ、それがどうかしたのか、という感じだ。むしろ殺し文句としては、ありふれた部類に入るのではないだろうか。話の意図が見えない。だからわたしは素直にエンデンさんにそう言った。すると彼女はわたしに申し訳なさそうな視線を向けた。

「湯浅さんがそう思われるのは当然です。まだ言っていないことがあるからです。実はわたしは、子供の頃に喘息を患《わずら》っていたんです。今は治ってますから、そのことは会社の誰にも言っていません」

「あ……」

新たな情報の意味に、わたしは気づきかけた。でもそれが具体的な像にまとまらない。次の言葉が出ないうちに、長江が先に答えを言った。

「なるほど。ぎんなんは喘息に効果があるといわれています。塩田さんも子供の頃は、医師による治療の他に、家でもぎんなんを食べさせられたことでしょう。けれどそのことは彼には教えていない。それでは、彼はなぜぎんなんを家庭で食べようと言ったのか。それほど頻繁《ひんぱん》に家庭で食べられる食材じゃないのに。彼は、塩田さんがかつて喘息を患っていたことを知っていたのではないか。なぜか――」

「そうなんだ」そう言ったのは熊井だった。

「エンデンが気にしているのは、藤岡さんがエンデンとの結婚を考えるにあたって、エンデンの身辺調査をしたんじゃないかということなんだ。探偵事務所か何かに依頼して。その結果問題ないと判断してからプロポーズした。藤岡さんは身辺調査の事実をエンデンに伝えていない。それでも結婚相手の過去の病歴は気になる。鮨屋でぎんなんを見たときに喘息のことを思い出して、ついそんなことを口にしてしまった」

熊井はグラスを干した。

「探偵を雇って愛する女性の過去を調べる男と、はたして一緒に暮らしていけるのか。エンデンはそれを悩んでいるんだ」

会話が止まった。適切なコメントがすぐには見つからない。四人が四人とも、しばらくの間黙って日本酒を飲んでいた。ときおりぎんなんの殻を割る音が響く。

「まあ、ここでどうこう結論づける気はないんだ」

熊井がやや口調を変えて言った。

「一緒に入った丼屋でエンデンの様子がおかしかったから話を聞いたら、そういうことだった。でも藤岡さんがいい人なのは間違いないし、エンデンは結婚を取りやめる気はない。ただちょっと気にかかっていることがあるだけで。だから直接関係のない二人に聞いてもらうことで、気晴らしになるかなと思ってこの飲み会を企画したんだ」

熊井は努めて明るい声を出していたが、ちょっと気にかかるどころの話ではない気がした。

「正直なところ、どうなんですか？　本当に結婚の意志は揺らいでいないんですか？」

酒の勢いもあってか、わたしはずけずけと言った。珍しく熊井がわたしに自制を促す視線を送ってきた。いつもと立場が逆だ。

「夏美なら、許せないか」

熊井がため息混じりに言った。

「今、彼がいるんだろう？　その彼にこっそり身辺調査をされていたとしたら、許せないか」

「たぶん、ね」

たぶんどころではない確固たる自信を持って、わたしは答える。

「熊さんだって、長江くんだって、そうじゃない？」

そしてエンデンさんも。わたしは言外にそう言った。熊井は苦笑いを浮かべたまま、答えなかった。長江はただ日本酒を飲んでいる。エンデンさんはグラスを見たまま黙っている。その姿を見て、わたしの指摘は的《まと》を射ていることを確信した。

エンデンさんは、結婚することを迷っている。けれどプロポーズを受けたのは去年のことだ。もうすでに一年間も結婚に向かって突っ走っている。結婚は二人だけの問題ではない。親兄弟、友人職場を巻き込んでの一大イベントだ。再来月にゴールインというところまで来て、いまさら止めるのは相当な決心がいる。そしてそれを正当化するための説得力ある理由が。はたして身辺調査がその理由になるのだろうか。しかも確実な証拠はないのだ。おそらく身辺調査をしただろうというだけで。それでは周囲を説得できない。

それでもエンデンさんは迷っている。生涯のパートナーに対する信頼にかかわることだからだ。それは心の中の問題であり、根源的な問題でもある。隠し事とか、そういうレベルの話ではないのだ。相手が自分のことを疑ってかかっている。身辺調査とは、そういうことだ。自分のことを信じてくれないひとを、なぜ信じられるのか。エンデンさん、やめておいた方がいいんじゃないの——さすがにそこまでは言えなかったけれど、顔には出ていたかもしれない。

長江が小さくため息をついた。

「一応男として、藤岡さんというひとをかばっておきましょう」

エンデンさんが顔を上げた。すがるような目で長江を見る。自分を信用させてほしいと。熊井がすかさず長江のグラスに日本酒を注いでやった。その仕草から察するに、熊井もエンデンさんの悩みが深刻なものであることに気づいているのだろう。だから頭の切れる長江にこの話をすることで、長江にうまい理屈をつけてもらって、エンデンさんを安心させようとしている。長江もそれは勘づいているだろうに、表には出さない。熊井に礼を言って、グラスに口をつける。

「塩田さんと藤岡さんがつき合いはじめてからプロポーズまで二年ということでしたが、新入社員以来ずっと知っていたということでしたね。それならば、少なくとも塩田さん個人については、藤岡さんは絶対の信頼を置いていると思います。ところが世の中は、それだけでは済まなかったりします。塩田さんの周辺に何があるのかわからない。失礼なたとえで申し訳ありませんが、たとえばお父さんが事業に失敗して数億円の借金があるとか、お兄さんが学生運動をやっていて公安に目をつけられているとか、親戚に暴力団組員がいるとか。結婚は二人だけの問題ではありません。一族と一族の結びつきを作る行為でもあります。塩田さん個人がいくら素晴らしくても、その周辺のトラブルに巻き込まれたくないから調査するという考えは、なくはないでしょう」

「あらら、揚子江はそんな男だった?」

熊井が不満そうにコメントした。しかし長江は、熊井の不満を無視して話を続ける。

「藤岡さん個人はそこまで考えなくても、親御さんがそう考えたかもしれない。田舎の旧家の家柄だったりしたら、相手のことを調べても不思議はないよ。藤岡さんが知らないうちに、両親が勝手に調べた可能性もある」

熊井は納得していないようだ。それでも爆発したりせずに、理性的に反論することにしたらしい。口を開く前に、まず日本酒を飲んだ。

「揚子江の指摘は、いくつかの理由で間違っている。まずひとつ。うちの会社は食品会社だから、イメージを何よりも大切にする。だから就職試験のときにはっきり言われるんだ。『申し訳ないけど、身辺調査をさせてもらう。君自身に問題がなくても、周囲のトラブルに巻き込まれる可能性があるのであれば、採用できない』とね。藤岡さんも、エンデンも面接のときに同じことを言われている。そしてエンデンはそれにパスして会社に入ってきているんだ。だからエンデンがこの会社にいる時点で、藤岡さんはエンデンの周囲にトラブルの元はないことを知っていることになる。だから、揚子江が言ったような理由で身辺調査をする理由は、何もない」

「それに、藤岡さんは別に旧家の出身でも何でもありません」

エンデンさんが続いた。

「彼は早くにお父さんを亡くして、お母さんが女手ひとつで大変な苦労をして育ててくださったそうです。母一人子一人で、家の名前なんてものではなくて、家庭自体をものすごく大切にしているんです。ですから家柄を守るために調査するなんてあり得ません」

長江の反応が一瞬遅れた。この男には珍しく、目が大きく見開かれていた。口もＯの字になっている。強《し》いていえば「ほほう」と言いたそうに見えた。しかしそれも一瞬のことで、長江はすぐに元の穏やかな表情に戻った。

「なるほど」

長江は優しい瞳でエンデンさんを見た。

「塩田さんの親兄弟、親戚筋に結婚相手が気にするようなことは存在しない。そして藤岡さん自身も、家柄なんてくだらないものを気にする必要はない」

長江は視線をエンデンさんから熊井に移した。

「では、藤岡さんは塩田さんの何を知りたくて身辺調査をしたんだろうか」

「え、えっと……」

熊井が虚を突かれたように口ごもった。

「会社の調査では出てこないことだろうな。男遍歴とか」

口から日本酒を吹き出しそうになった。

「ちょっと、熊さん、笑わせないでよ。今日び処女じゃなければ結婚できないの？」

「じゃあ、エイズに感染しているかどうかとか」

「そんなの、探偵が調べられるもんか。本人が検査しないと絶対にわからない」

これは長江の反論。

「じゃあ、なんだろう」

熊井は腕組みをする。

「エンデンには申し訳ないけど、残るは過去の病歴くらいしか思いつかない。藤岡さんがそんな人間だとはとうてい信じられないけど、病気を理由に差別する奴は、今でも間違いなく存在するから」

「調べてみたら、完治した喘息しか出てこなかったから、安心してプロポーズをしたって？」

わたしは憤然として言った。もしそうなら、絶対に許せない。女を、というより人間を馬鹿にしている。エンデンさんは今にも泣きそうな顔になった。当然だ。ただでさえ揺らいでいる婚約者への信頼が、今にも音を立てて崩れ落ちそうなのだ。

わたしは長江を見た。長江はなんとコメントするのだろう。わたしが考えているのと同じように、結婚を諦《あきら》めろと言うのだろうか。それとも、大人の理屈で丸く収めようとするのだろうか。

長江の表情が少し変化していた。先ほどまでの穏やかな表情から、少し困ったような顔に。それはあえていうなら、苦笑いに近いものだった。

「なんだか、この場にいない藤岡さんがめちゃくちゃ悪者になっているな」

そんなことを言った。視線を熊井とエンデンさんに向ける。

「藤岡さんはデンマークまで行って会社のために頑張っているというのに、それじゃ報われないよ」

話の本質をわざと外しているような言い回しに、わたしは苛立《いらだ》った。

「何が言いたいの?」

長江はわたしに向かって、大丈夫だというふうに手を振ってみせた。

「藤岡さんは、塩田さんに対してやましいところは何もありませんよ。それどころか――」

長江はエンデンさんをまっすぐに見た。

「あのプロポーズの言葉。あれは最上の愛の言葉だと思います」

奇妙な沈黙が、狭いワンルームマンションを支配していた。長江がぎんなんの殻を割る音はしているけれど、それはわたしの耳にはまったく入ってこなかった。

「ちょっと、揚子江」

熊井が低い声で言った。「どういうこと?」

「どうもこうも」

長江がぎんなんを噛《か》みながら答える。

「簡単なことだよ。藤岡さんは塩田さんの身辺調査なんてしていない。あのプロポーズの言葉は、塩田さんのことを本当に愛していて、だからこそ出たものだと思うよ」

「長江くん、説明は具体的に」

わたしが教師みたいな口調で言う。頭がよすぎるせいか、長江はときどき意味不明なことを口走る。長江はわたしの文句に笑顔で答えた。

「正直に言って、あまり細かく説明したくないんだけど」

「説明してください！」

そう言ったのはエンデンさんだ。必死な表情が、彼女の心境を物語っている。気取った言い方をするならば、彼女の心は今、嵐の海に放り込まれている。長江の言葉は、今にも溺《おぼ》れようとしているときに見つけた、灯台の灯りなのだ。

「えっと」長江は指先で頬をかいた。

「正直に申し上げて、私にはなぜ塩田さんが身辺調査を受けたと信じ込んだのか、理解できません。おそらく自分が過去に喘息を患っていたことが、結婚の障害になるのではないかと、心の奥底で心配していたからではないかと思うのですが……」

エンデンさんは答えなかった。というよりも、わたしの目には答えられなかったというように見えた。なぜなら、彼女は固まってしまって何の反応もできなかったからだ。

長江はわたしたち三人を等分に見て、言い聞かせるように言った。

「仮に、藤岡さんが塩田さんの身辺調査をして、塩田さんの過去の喘息を知ったとしましょう。それならば、すでに喘息が完治していることも知ったはずですよね。ではなぜ藤岡さんはぎんなんの話を持ち出したのでしょうか」

「だ、だから、目の前のぎんなんから喘息を連想したから……」

熊井が説明しようとしたが、自分でも確固たる自信がないのは明白だった。長江はひとつうなずく。

「だったら、『こんなおいしいぎんなんを、家でも食べようね』なんて言わないだろう？　喘息のことが頭にあったならば、ぎんなんを食べるのは、喘息が治っていない人間だということもわかっていたはずだ。それが本当だとすると、『こんなおいしいぎんなんを、家でも食べようね』は、『頑張って喘息を治そうね』という意味になる。すでに完治している塩田さんに向かって言うには、不適切な言葉じゃないか？」

「………」

熊井が黙り込んだ。しかし未だに藤岡に対する怒りから方向転換できていないわたしは、反論を思いついた。

「ひょっとしたら藤岡さんは、塩田さんの過去の病歴から、生まれてくる子供も喘息になることを心配していたんじゃないの？　呼吸器が弱い家系かもしれないと。それなら『頑張って喘息を治そうね』は通用するでしょう？」

我ながら見事な反論だと思ったけれど、長江は意外なほど不快そうな表情になった。

「夏美。それはひどすぎる。藤岡さんの科白は『こんなおいしいぎんなんを、家でも食べようね』なんだぞ。食べようね、なんだ。夏美の仮説が正しければ、藤岡さんは生まれてくる子供が喘息になることを期待していることになるじゃないか。そうじゃないだろう？その場合は、正しくは『家でぎんなんを食べる羽目《はめ》にならないといいね』になるんだ。けれど藤岡さんはそんなことは言っていない。だから夏美説は間違い」

「……」

わたしも熊井同様黙り込んだ。長江の言うとおりだ。長江はエンデンさんを見た。

「そう考えると、藤岡さんはあなたの喘息なんて気にしていない、正確に言うならば喘息のことなんて知らなかったことがわかるでしょう。彼は喘息の話なんてしていないんです。だから、藤岡さんが身辺調査をしたなんてことは、あり得ないんです」

エンデンさんは、口をぽかんと開けたまま固まっていた。それは熊井もわたしも同様だ。言われてみれば理解できる。藤岡がぎんなんと喘息を結びつけていたのなら、『こんなおいしいぎんなんを、家でも食べようね』という言葉は出るはずがないのだ。

わたしは自分が赤面するのを感じた。エンデンさんが感じた、婚約者に対する不安。それは彼女個人のものであるはずなのに、わたしはそれに過剰に反応してしまった。過剰に反応して、この場にいない、会ったこともない男性に対して怒りを覚えてしまった。わたしにそんな権利があるわけもないのに。

やはり同じように恥じ入っていたらしい熊井が顔を上げた。

「じゃあ、揚子江。どうして藤岡さんは、ぎんなんを見つめながらプロポーズしたんだ？どうしてプロポーズの言葉がぎんなんなんだ？」

「簡単なことだよ」

長江は言葉どおりに簡単に言った。

「考える材料はある。プロポーズのとき、藤岡さんはぎんなんを見て、何年ぶりだろうって言ったそうじゃないか。だから藤岡さんは、塩田さんとつき合いはじめてから、ぎんなんを食べていないことがわかる。それからプロポーズの言葉だ。彼はぎんなんについて言及する前に、『そろそろ、家庭を持とうか』と言った。こと結婚の申し込みという観点からすると、プロポーズの言葉はぎんなんではなくて、こちらの方だろう。実は、ここが気になった」

「気になった？」

「ああ。俺はプロポーズしたこともされたこともないから決めつけるつもりはないけれど、話を聞いたとき、プロポーズに『家庭』という言葉がふさわしいのかなと思ったんだ」

言っている意味がよくわからない。結婚とは家庭を築くことではないか。どこがふさわしくないのだろう。わたしがそう言うと、長江はまた指先で頬をかいた。

「俺が所帯を持ったことがないからそう思うのかもしれないけれど、結婚イコール家庭というのは、結婚式の祝辞の中だけじゃないのかな。結婚して最初の頃は、二人の共同生活だ。もちろん夫婦は家庭だけど、ずっとつき合っている二人なのにいきなり家庭という言葉は心情的に馴染《なじ》まないんじゃないかと思う。では、馴染むのはどんなケースだろうか」

それは決まっている。わたしは即答した。

「夫婦に子供ができたら、家庭っぽいよね」

長江はわたしに微笑《ほほえ》みかけた。「正解」

正解といわれても嬉しくない。何も特別な話ではないではないか。しかし長江はわたしの反応を気にせず話を続ける。

「夏美の言うとおり、藤岡さんは子供のいる家庭を念頭に置いていた。彼は母一人子一人の家庭で成長して、家庭というものをとても大切に思っていた。だから塩田さんと結婚するにあたって、幸せな家庭を築きたいと思ったんだろう。でもそれまでは具体的に結婚を申し込むことまでは考えていなかった。それがなぜ唐突に鮨屋で思いついたのか。なぜぎんなんを見て家庭の象徴である子供のことを考えたのか。ぎんなんについて詳しい熊さんならわかるんじゃないのか？」

熊井は恥ずかしそうに頭を振った。なぜそれに気づかなかったのかというように。

「そうか。おねしょか」

その言葉を聞いた途端、頭に火花が散った気がした。そうか。ぎんなんには、喘息に効くという以外に、別の効能があった。それはおねしょを治すこと——。

「藤岡さんも子供の頃はぎんなんが苦手だった」

熊井が言った。

「ということは、母親から『ぎんなんを食べるとおねしょが治るわよ。だから食べなさい』と言われていた可能性はある。そうでなくとも藤岡さんは、食品会社の開発部の人間だ。ぎんなんがおねしょに効くことは、知識として知っていただろう。それでも今までは、ぎんなんを食べても、そんなことを思い出しもしなかった。しかしあのときは違った。藤岡さんはエンデンとつき合っており、何となく結婚のことも考えていた。そんなとき、突然目の前にぎんなんが現れた。藤岡さんは喘息のことなんて頭になかった。ぎんなんといえばおねしょ。おねしょといえば子供だ。隣《となり》には愛する女性が座っている。藤岡さんは不意に思ったのかもしれない。『この人に、子供を産んでほしい』と――」

長江は熊井の解説に、満足そうにうなずいた。

そうか。わたしはようやく理解していた。エンデンさんが藤岡について「母一人子一人」と説明したとき。長江は珍しく「ほほう」といった表情をしていた。あれは、藤岡が子供のいる家庭を望んでいることに気づいたから出たものなのだろう。藤岡は子供を欲しがっている。それに気づいた時点で、長江は喘息説を早々と捨てて、子供からおねしょへと連想を進めたのだ。

「隣に愛する女性。目の前にぎんなん。その瞬間、彼の頭に浮かんだのはおねしょする子供と、子供に向かってぎんなんを食べなさいという塩田さんの姿だった。それは平和な、心を温かくさせる想像だった。だからつい家庭という言葉が口をついて出た。そしてそれを言葉にしてしまってからは、驚くほど具体的な実感となって心に染みた。自分はこの人と温かい家庭を築いていこう。藤岡さんはそんなふうに思ったんじゃないかな。ただぎんなんからおねしょへの連想が強すぎた。子供にぎんなんを食べさせるシーンの説明をせずに、ぎんなんだけについて言及してしまった。塩田さん、真相は、たぶんそんなところですよ。熊さんは否定しましたが、やはりマリッジ・ブルーだったのだと思いますよ。あなたはマリッジ・ブルーの不安定さから、自分の過去の病《やまい》を深刻に考えすぎました。でも大丈夫。あなたが結婚を決意した相手は、素晴らしい男性です。あなたは、幸せになれますよ」

長江が言葉を切ると、また沈黙が訪れた。しかし今回の沈黙は悪くない。藤岡が想像したという温かい家庭。わたしたちもそれを共有したからこその沈黙なのだ。目の前にはぎんなんの載った皿。目の前の美しい女性が、子供にぎんなんを食べさせるシーンを想像する。嫌がる子供に、おねしょが治るわよと諭《さと》すその姿は、意外なほど似合っているような気がした。

ぽたぽたとテーブルに水滴が落ちた。エンデンさんの涙だ。エンデンさんは小声でごめんなさい、ごめんなさいとこの場にいない藤岡に謝っていた。長江が指摘したように、彼女は結婚前の情緒不安定から、愛する男の言葉を難しく考えすぎた。喘息の嫌な記憶もそれを後押ししたのだろう。ほんの小さな勘違いだ。でもそれは、結婚そのものを危うくしてしまう危険性をはらんでいた。放っておけば、彼女は不幸になってしまったかもしれない。でもここには長江がいた。長江の頭脳は、話を聞いただけで簡単に彼女の不安を一掃《いっそう》してあげた。やはり長江はすごい。ただ頭がいいだけでなく、それを有効に使うことを知っている男だ。

熊井がエンデンさんの肩をぽんと叩いた。

「エンデン、今のうちに飲んでおけよ。妊娠すると、お酒なんて飲めないぞ」

エンデンさんは顔を上げた。涙でくしゃくしゃだったけれど、表情は晴れ晴れとしていた。長江からティッシュペーパーを受け取って、鼻をかむ。涙も拭《ふ》き取ってから、あらためてグラスを握った。

「長江さん、湯浅さん、どうもありがとうございました。おかげですっきりしました」

そう言って、日本酒の入ったグラスを傾ける。

「子供ができたら、ぎんなんを食べさせることにします」

テーブルは笑いで満たされた。こっそり安心する。ようやくいつもの飲み会の雰囲気になった。

「でも塩田さん。食べさせすぎないようにしなきゃ」

わたしが言った。

「身体によくても、ほどほどにね」

悪魔のキス
PIPER
CHAMPAGNE
BRUT
CHAMPAGNE
BRUT
COGNAC
PAULGIRAUD
Très Rare
GRANDE CHAMPAGNE
Premier Cru de Cognac
70cl
NOVEMBER
山田錦
純米吟醸

テレビの時代劇がいい例だけれど、長く続けるためには同じパターンを繰《く》り返すのがいい。そこにちょっとだけアクセントを加えてあげれば、基本が同じでも飽きがこないし。

長江高明と熊井渚、そしてわたし——湯浅夏美の飲み会も同様だった。学生時代からの友人である三人は、卒業してからも機会を設《もう》けては集まって飲んでいた。ただ、毎回三人だけでは芸がないから、ここ数年は誰かがゲストを招くことにしている。ゲストが入ると、三人だけのときとは違う分野の話が聞けるから、また新しい楽しみが生まれる。知的でけっこうなことではないか。

ただしゲストはあくまでゲストだ。感じのいい人ばかりだったけれど、レギュラーメンバーになることはなかった。特段わたしたちが排他的なわけではないと思う。ただなんとなくそうなったのだ。言ってみれば、旧友三人の飲み会という構成は変えずに、ゲストというアクセントで飽きが来るのを防いでいたのだろう。

ところが今回のゲストは、今までとはまったく違う。三人の飲み会という、根本的な構成自体を崩してしまうパワーを持っているのだ。

だって、今宵のゲストである冬木《ふゆき》健太《けんた》は、わたしの婚約者なのだから。


「いいのか？　本当に俺なんかが参加して」

健太はマンションの前で、あらためて言った。「いつも三人で飲んでいるんだろう？」

「平気、へーき」

わたしは軽く手を振って言った。

「いつもゲストを招いてるんだ。今日は健ちゃんがゲスト」

「ゲストっていってもなあ」

健太がまだためらう仕草を見せていた。

気持ちはわからないではない。わたしたち三人は、わたしが健太に出会う前から一緒に飲んでいる。それなりの歴史があるわけだ。そこにわたしと深い仲になった健太が入りこむ。ただのゲストと違って、長江や熊井に必要以上に気を遣《つか》わせてしまうのではないか。

健太はそんな心配をしているのだろう。つまり、そういう気を遣ってくれる人だということだ。

「二人はそんな人間じゃないから安心して」

とは言ったものの、実のところ、わたしも少しドキドキしている。健太を二人に紹介するのは、今夜がはじめてだ。彼らはどんな反応をするのだろうか。

飲み会の会場である、長江のワンルームマンションに着いて呼び鈴を押した。はーい、と中から声がして、ドアが開く。出てきたのは主の長江ではなく、熊井だった。その整った顔に浮かんでいるのは、腹に一物《いちもつ》あるような、不気味な笑顔だ。

「いらっしゃい」熊井は笑いを含んだ声で言う。「ご主人も」

「ご主人じゃないって」わたしはマフラーを外しながら言った。「まだ婚約しただけで」

しかし熊井はまったく悪びれない。「それならもう結婚したと同じだよ」

玄関から短い廊下を抜けて部屋に入ると、長江が穏《おだ》やかな笑顔を向けてきた。

「見事なタイミングだね。今、準備が終わったところだ」

長江がハンガーをふたつ差し出してくれる。わたしと健太は礼を言ってハンガーを受け取ると、コートを壁に掛けた。続いて洗面所を借りて手を洗う。そこでようやくテーブルに着くことができた。

「はじめまして。冬木と申します」

健太は長江と熊井に対して、丁寧に挨拶《あいさつ》した。長江が穏やかに挨拶を返そうとして、何かに思い至ったかのように静止した。

「——冬木?」

長江の目が大きく見開かれた。そして次の瞬間には素《す》っ頓狂《とんきょう》な声を出していた。

「じゃあ、結婚したら『冬』木『夏』美?」

言った途端、自分の発言のあまりのくだらなさに気づいたのか、長江は珍しくも赤面した。

よしっ。

わたしは心の中でガッツポーズをした。このベタなコメントを長江に言わせただけでも、健太をここに連れてきた甲斐《かい》があったというものだ。

滅多に見られない長江の動揺を前に、オヤジギャグの得意な熊井が、余裕の笑顔を見せた。

「まさか夏美、この一発芸のためだけに結婚を決めたんじゃないだろうな」

「あ、わかる?」

わたしがしれっと答えると、場に笑いが起きた。

「じゃあ、始めましょうか」

ようやく気を取り直した長江は、そう言ってキッチンに向かった。

テーブルには、珍しいものが載っていた。ホットプレートだ。長江の部屋で飲むようになって長いけれど、ホットプレートを見るのははじめてだ。あまり物を持たない長江がこんなかさばるものを持っていたとは、少し意外な気がした。

「せっかく夏美が彼氏を連れてきた、記念すべき日に申し訳ないけど」

熊井が恐縮のかけらも見せずに言った。「今日は、チャレンジの日だ」

「チャレンジ？」

そういえば、健太を二人に紹介することで頭がいっぱいだったから、今夜の飲み会のテーマを聞いていない。熊井の手元に視線を落とす。その手には、ほっそりとした透明なガラス瓶《びん》が握られている。中には褐色《かっしょく》の液体が入っていた。

「それ、ウィスキー？」

わたしが尋ねると、熊井は首を振る。「ブランデーだよ」

「あ、そうなんだ」

ブランデーといえば、装飾の入った派手な瓶というイメージがある。こんなシンプルなボトルの銘柄もあるのか。酒好きだけれど知識に乏《とぼ》しいわたしは、その程度の感心をした。ところが横では健太が、口をあんぐりと開けていた。

「ひょっとして、ポールジローですか？」

その言葉を聞いた熊井の顔が変わった。こちらは、ほう、という感じ。「ご存じでしたか」

健太は頭をかく。「知識としては。でも、まだ飲んだことはありません」

「では、今日は存分に飲んでいってください。偶然、二本手に入ったんですよ」

「ねえねえ」わたしは健太の腕をつついた。「何？　それ」

健太は小声で答える。

「俺も詳しくないけど、滅多に手に入らない高級品だと聞いたことがある」

「そうなんだ」

少し感動した。もちろん熊井がけちけちしない性格だということはよくわかっている。けれどそんな貴重な品を、わたしが婚約者を連れてきた日に開けてくれるとは。でも。

「でも、何がチャレンジ？」

「それはね」長江が大きめのボウルを抱えて戻ってきた。「俺も熊さんも、まだ試したことのない組み合わせだからだよ」

長江はテーブルにボウルを置いた。中には少し灰色がかった、どろりとした液体が入っている。一見したところ、ホットケーキミックスのようだ。

「そば粉のパンケーキなんだ」

長江が温めたホットプレートに、バターのかけらを落として言った。

確かに意外な取り合わせだ。ブランデーとそば粉のパンケーキとは。もっとも、ブランデーに合う肴《さかな》もあまり思いつかない。そもそも二十代の若造に似合う酒でもないから、ブランデー自体を飲む習慣がない。いつだったかチョコレートを合わせたとき、悪くないと思ったくらいだ。

「ブランデーってのは、バターと相性がいいんだ」

熊井がグラスを並べながら説明する。

「だからバターをたっぷり使った料理がいいと思ってね。そしたらカリカリに焼いたパンケーキが頭に浮かんだんだよ」

「えっと――」

わたしはブランデーとそば粉のパンケーキの取り合わせを思い浮かべてみた。ブランデーを飲んだことはあるし、そば粉のパンケーキを食べたこともある。でもその両者を併《あわ》せたときどんな感じになるのか、味の想像がつかなかった。熊井がチャレンジだという気持ちはわかる。それと同時に、もうひとつの記憶も呼び覚まされた。

「ああ、だから前もってアレルギーのことを聞いたの？　健ちゃんにそばアレルギーがないか」

「そういうこと」

「え？」健太が怪訝《けげん》な顔をする。わたしは健太に向かって、健太にそばアレルギーがないか、事前に尋ねられたことを話した。

「ほら、以前信州に旅行に行って、一緒におそばを食べたでしょ？　それを思い出したから、大丈夫だって答えといたんだ」

「あらら、婚前旅行？」熊井がわざとらしく顔をしかめた。「ふしだらな」

「熊さんにだけはそんなこと言われたくないけど、ともかくそばは大丈夫だよ」

「ええ、そばは好物です。そば粉も」

健太もそう言ったが、その目は宙を睨《にら》んでいた。機嫌を損《そこ》ねたとか、そういったことではない。何かを思い出そうとしているかのようだった。でも思い出せないのか、小さく首を振った。

「じゃあ、焼くよ」

長江がおたまで生地《きじ》をホットプレートに流した。小気味よい音がして、生地が焼けていく。巧みなおたまさばきで、ホットプレートの上に四つの薄い円盤を作った。

待つことしばし。表面が乾いてきて、ぷつぷつと穴が開いてきたら反転だ。これまた見事なフライ返しさばきでパンケーキをひっくり返していく。屋台でアルバイトでもしていたんじゃないかと思える手際だった。

「長江氏は」熊井が小声で言った。「今夜のために、わざわざホットプレートを買ったんだよ」

「……………」すぐには反応できなかった。

不覚にも涙が出そうになった。わたしと健太を祝うために、ということだろうか。長江が友達思いだということはよく知っている。でもそれが自分に対して向けられると、やっぱり嬉しい。

「さ、焼けたよ」

長江は見事に焼き上がったパンケーキを、皿に移した。パンケーキの上に、室温に戻したバターを載せる。最初は健太に、次はわたしに皿を手渡してくれた。一方熊井はグラスにブランデーを満たしていく。準備は整ったようだ。

わたしたちの飲み会は、通常ゲストを連れてきた人間が仕切ることになっている。けれど今夜は特別だ。わたしも半分ゲスト扱いだから、熊井がグラスを高く掲げた。

「それじゃあ、夏美と冬木氏の婚約を祝して、乾杯といこう――といっても四十度あるから、本当にグラスを干さないように。もったいないし。じゃあ、乾杯！」

「かんぱーい」

「婚約おめでとう」

軽く掲げたグラスを口に持っていった。香りは思ったよりドライだ。でも刺すようなアルコール臭はない。口に含む。ふわりと甘いフルーツ感が広がる。それでもさすがアルコール度数四十度。熱い刺激と共に喉《のど》を滑り降りていった。

その熱が喉から消えないうちに、そば粉のパンケーキをかじる。端っこはバターでカリカリに焼けていた。さくりと音をたてて嚙《か》む。そば粉の素朴な味と、ジューシィなバターのコクが絶妙にマッチしている。またブランデーを口に含む。

「ほほお」

そんな言葉が口をついて出た。まるでパンケーキに蜂蜜《はちみつ》をかけたような芳香が、口いっぱいに広がった。バターのしつこさが、花の香りの重たい部分を押さえ込んで、華やかな部分だけを強調している。これは合う。わたしには想像もつかない取り合わせを提案した熊井は、やっぱりいい感性を持っていると思う。それとも食品会社に勤務する人間の、当然の発想なのだろうか。いや、のんべえの食いしん坊が進化した結果に違いない。

「これはいいですね」

健太も感心したように言った。

「ブランデーも素晴らしいいし、パンケーキもよく合います」

長江が微笑《ほほえ》んだ。「喜んでいただければ、なによりです」

みんな最初の一枚は、すぐに食べ終えてしまった。長江がホットプレートの表面をペーパータオルで軽く拭《ふ》いて、二枚目を焼きはじめた。

「それにしても、冬木さんに会えてよかった」

突然熊井がそんなことを言った。健太が軽く首を傾《かし》げる。

「いえね。夏美から彼氏がいるとは聞いていたんですが、本人とちっとも会わせてくれないものだから、長江と『本当に実在する人物なんだろうか』と疑っていたんですよ」

「あ、ひどい」

わたしの抗議を聞き流して、熊井は続ける。

「それにしても、夏美の相手がこんなに好男子だったとはね」

熊井はからかいを含んだ視線をこちらに投げてきた。

「どうやって捕まえたんだ？」

「そりゃ、黒魔術を使ったに決まっているでしょ」

「やっぱりね」

「魔術を使われたかはわかりませんが」

わたしたちのやりとりをにこにこしながら聞いていた健太が、ゆっくりと口を開いた。

「出会いは、これ以上ないくらい平凡なんです。なんといっても、会社の同期ですから」

「あ、そうなんですか」

「うん」わたしもうなずいた。「この世でもっともありふれたルートを辿《たど》ったのよ」

「確かにそうかもね」

長江が四枚のパンケーキをひっくり返して、会話に参加してきた。

「学生時代につき合っていた相手は、多くの場合就職後に別れるから。勤務先で知り合った方が結婚に至る確率は高いかもしれない」

「あっさり言うね」熊井が少しだけ不満そうな表情を見せた。「揚子江は手近な華《はな》に目を奪われる男だったのか」

長江は熊井の抗議を軽く受け流した。「近くにも遠くにも華なんてなかったよ」

華がないんじゃなくて、いっぱい咲いていたのに目に入らなかっただけだろうと思ったが、口には出さない。代わりに「確かにわたしたちの周囲には、社内恋愛の人ばかりだもんね」と言った。この飲み会でも幾人ものゲストから、社内恋愛の話を聞いた記憶がある。うまくいったものも、はかなく散ったものもあったけれど。

「それでも、やっぱり学生時代の恋愛は大切にしてほしいと思います」

健太がそんなことを言った。一瞬どきりとする。彼は学生時代の彼女に心を残していたりするんだろうか。

不安が顔に出たのだろう。健太が顔の前で手をひらひらとさせた。「真子《まこ》のことだよ」

言われて、不安が吹き飛んだ。「ああ、真子ちゃんね」

「まこちゃん?」

突然人名が出て、熊井が聞き返した。わたしが「彼の妹さんのことよ」と説明してあげた。それだけで勘のいい熊井には十分だったようだ。

「なるほど。妹さんが学生時代の彼氏と恋愛のまっただ中ですか」

ところが健太は肯定とも否定とも取れる、曖昧《あいまい》な首の振り方をした。

「それが微妙なところでして」

そこで唐突に言葉を切った。そのまま数秒間静止して、「あ、そうか」と続けた。

「どうしたの?」

「さっきの話」

健太はグラスの底に残ったブランデーを干した。

「そばアレルギーの話。そばじゃないけど、知り合いに食物アレルギーを持った人がいたような気がしたんだ。それが誰だか思い出せなかったけど、今思い出した。野沢《のざわ》くんだ。真子の彼氏。夏美は会ったことなかったっけ」

わたしは首を縦に振る。

「会ったことはないな。真子ちゃんから、のろけと愚痴《ぐち》はけっこう聞いたけどね」

「のろけと愚痴」熊井の目が輝いた。「それで微妙、ですか」

熊井は「他人の不幸は蜜の味」と言って憚《はばか》らないやじうま人間だ。その手のものめごとは大好きだから、話に乗ってきた。健太のグラスにブランデーを注《つ》いでやる。「何があったんですか?」

一方他人はおろか、自分の恋愛事情にすら興味がない長江が「食物アレルギーって、何のアレルギーなんですか?」と横から尋ねてきた。

両方向から違う質問をされて、健太はどちらに答えるべきか迷ったようだ。けれどどちらかといえば答えやすい、長江の質問に答えることにしたようだ。

「海老《えび》です。生海老。野沢くんは生の海老に触るとかゆくなるって言ってました」

「生の海老」

長江がやや大げさに驚いてみせた。

「それじゃあ刺身の甘海老なんか食べられませんね」

健太はうなずく。

「ええ。火を通した海老なら大丈夫らしいんですけどね。生は全然ダメだそうです。指で触ると指先がかゆくなるし、うっかり食べた暁《あかつき》には、喉の奥までかゆくなって大変だそうです。試験管ブラシで喉の奥をごしごししたいっていうくらいで」

「うわあ」

思わずうめいてしまった。話を聞いただけで、喉の奥がかゆくなってきた気がする。この場にいる四人が四人とも、しばらくの間うっかり生海老を食べてしまった野沢の苦しみを想像して、勝手にのたうち回っていた。

「でも、そばアレルギーの人がそばを食べると、死に至ることもあるって聞いたよ。かゆくなるだけで済むなら、命の危険はないからまだマシかもね」

わたしが気楽なコメントをしたら、長江が真面目な顔で遮《さえぎ》った。

「いやいや。食物アレルギーは油断できない。大丈夫だと思っても、急性で激烈なアレルギー反応であるアナフィラキシーショックが起こることはあり得るから、マシとはいえないぞ」

長江の言葉に、健太は頭をかいた。

「まあ、野沢くんの場合、命の危険というほどではないんでしょうけど……」

「というと?」

健太は苦笑混じりに答えた。

「命の危険はなくても、破局の危険はあるんですよ」

「破局の危険」

長江が繰り返し、視線を熊井に向けた。後は任せた、というふうに。なんだ。長江は他人の恋愛話に興味がないからアレルギーに話を振ったのではなくて、身内の恋愛話はすぐには話しづらいだろうから、アレルギーを呼び水にしただけか。さりげなく熊井に協力してやったわけだ。気が利《き》くというか、なんというか。

健太は長江の思惑に気づかない様子で、ブランデーグラスを舐《な》めた。その表情から想像するに、話しはじめるつもりらしい。

「僕は夏美と婚約したわけですが、実は妹の方に早く結婚話が持ち上がったんです。妹には学生時代からつき合っている彼氏がいまして、それが野沢くんです。サークルの同期で、大学一年の頃からずっとつき合っていました。動作のきびきびした、なかなかの好青年です」

ふむふむ、と熊井が熱心に耳を傾ける。話を聞きながらパンケーキとブランデーを交互に口に持っていくものだから、まるでワイドショーを前にした家庭の主婦みたいだ。

「妹も野沢くんも、社会に出て一年目がようやく終わろうとしているところでした。最初は就職したらすぐに結婚しようと思っていたらしいですが、これはさすがに双方の両親が反対しました。せめて一年は会社勤めをして、社会というものを知ってからにしてくれ、と。一年間働いて、そのうえで自分に結婚できる甲斐性があるかを判断して、将来のことを考えろと。二人は親の意見を容《い》れて、一年間待ちました。野沢くんは化学メーカーの営業部で懸命に働いて、自分には結婚する資格があると確信したらしいです」

「うちの会社も、営業さんは結婚が早いもんね」

わたしがコメントすると、熊井が「話の腰を折るな」と睨みつけてきた。やれやれ。

「野沢くんと妹は、結婚することを決めました。そしてあらためて、正式に両親に挨拶に行くはずだったんです。ところが、その直前にちょっとした出来事があって、二人がケンカしちゃったんですよ」

「ちょっとした出来事」熊井が身を乗り出す。

「というと?」

健太が困ったように笑う。「アレルギーです」

「アレルギーというと、生海老の?」

「そうです。経緯はざっとこんな感じです。妹と野沢くんは、とある週末に、両親への挨拶から新婚旅行までの日程を決めようとしました。ところがその前日の金曜日に、野沢くんの会社で宴会があって、彼はそれに参加したらしいんです。営業部の宴会ですから、それは激しいものです。そこで野沢くんは『土曜日は起きられないかもしれないから、勝手に入って起こしてくれ』と、前もって妹に告げていました。野沢くんは学生時代と同じアパートに住んでいましたし、妹はもちろん合鍵を持っていましたから」

　さすがに熊井も「ふしだらな」とは言わない。集中して話を聞いていた。

「土曜日になって、妹は約束どおり野沢くんのアパートへ行き、合鍵でドアを開けて中に入りました。本人が予告していたように、野沢くんは布団《ふとん》で眠っていました。妹は部屋に充満した酒の匂いを追い出すために窓を開けて、床に脱ぎ捨てられたスーツをハンガーに掛けて干し、それから野沢くんを起こしました」

　かいがいしく働く若奥様の姿が目に浮かんで、わたしは思わず微笑んでしまう。ところが健太の顔は逆に曇った。

「ところが、寝ぼけながら顔を向けた野沢くんを見て、妹は驚きました。というのも、野沢くんの唇が、真っ赤に腫《は》れていたからです」

　熊井の眉がぴくりと動いた。

「寝ぼけた野沢くんは、指先で無意識のうちに唇をかいている。かゆいんだなということは、ひと目でわかります。そこで妹は、野沢くんが生海老のアレルギーを持っていたことを思い出しました。居酒屋などで宴会をすると、刺身盛り合わせが出ることが多いですよね。そこに甘海老が生で載っていることも珍しくありません。ひょっとして野沢くんはそれを食べてしまったのではないか。妹は心配になって、生海老を食べたのか、体調はどうなのかと尋ねたところ、ようやく目を覚ました野沢くんは、『酔っぱらっていたから、生海老を食べたかどうか憶《おぼ》えていない』と答えました。唇のかゆみ以外は、体調に変化はないとも。妹はひとまず安心しましたが、同時にちょっと変だと思ったそうです」

「ちょっと変って?」

わたしが聞き返すと、健太はわたしに視線を向けた。

「だって、もし生の海老を食べたせいで唇がかゆくなったのなら、喉の奥もかゆいはずだろう? でも、野沢くんはかゆいのは唇だけだと言った。変じゃないか?」

「あ、なるほど」

変なのは納得できた。でも、それがもたらすものがなんなのか、思いつかない。考えているうちに、健太は話を再開した。

「野沢くんは生海老を口にしたけれど、それを飲み込んでいない——そういうことになります。そんなことが起きうるでしょうか。たとえば、酔っぱらって甘海老の刺身を口にした瞬間、自分がアレルギー体質だったことを思い出して、慌《あわ》てて吐き出したとか」

自ら仮説を口にしながら、健太はそれを否定するように首を振った。

「そう考えるのが最も自然ですが、アレルギーを持っている人間は、アレルゲンとなる食べ物を無意識のうちに避けるものです。実際、学生時代に妹は野沢くんと何度も宴会に出ましたが、彼はどんなに酔っぱらっていても生の海老に手を付けたことはなかったそうです。だから、その夜だけ甘海老の刺身を食べてしまうのは不自然ですよね。だから、妹はこの説を捨てました」

それはそうだろう。どんなに酔っぱらっていても、ピーマン嫌いの人間がピーマン一気食いなど、するはずがない。それと同じことだ。いや、アレルギーの方が健康被害に直結するから、なおさら避けようとするはずだ。

「次に妹が考えたのは、生の海老を食べたのではなくて、生の海老を唇に押しつけられたのではないかということでした。営業の宴会は激しいですから、たとえば先輩や上司が酔った勢いで、いたずら半分に野沢くんの口に生の海老を押しつけたとか。野沢くんは宴会で、結婚が近いとか、明日結婚の打ち合わせをするんだとか口にしていたそうです。ですから手荒い祝福という意味でも、そんなことをされてもおかしくありません」

想像するだに醜悪な光景だ。本人たちは遊びのつもりかもしれなくても、長江が指摘したように、深刻なアレルギー症状を起こすかもしれないのに。いくらなんでも、悪ノリのしすぎだ。そんなふうに会ったこともない知らない会社の営業部に憤《いきどお》ったけれど、健太は再び首を振った。

「けれど、それも変なんです。妹は野沢くんに、宴会の最中に眠ってしまったのかと尋ねました。答えは『眠っていない』でした。いくら酔っていても、起きている状態でそんなことをされたら、さすがに激しく抵抗するでしょう。サークルの合宿で、先に眠った人間の顔に落書きをするのはよくある話ですが、あれは眠ったからこそできることですよね。生海老を唇に押しつけるのも同じことです。起きている人間に、それを記憶させずにそんなことはできません。そもそも、無理やり食べさせることはあっても、唇に付けるだけというのもおかしないたずらです。だから妹は、これもありそうもない話だと判断しました」

健太は真子の思考の流れを再現している。話を聞いていると、真子はなかなか論理的な頭脳の持ち主らしい。仮説を組み立てては、丁寧に検証している。長江や熊井と話が合うかもしれない。

「野沢くん自身も、唇のかゆみが生の海老によるものだということは、過去の経験から理解している。けれど本人には心当たりがないという。では、野沢くんの身に、いったい何が起こったのか。そこで妹は、とんでもない仮説を思いついてしまったのです」

わかったというように、熊井が手を挙げた。

「キス、ですね」

健太は困ったように笑う。

「そうです。妹が考えたのは、野沢くんが酔った勢いで、職場の女性社員とキスしたのではないかということでした。そしてキスする直前に、その女性社員は生の海老を食べていた。女性も酔っていたのでしょうし、野沢くんが生海老のアレルギーを持っていることを、知らなかった可能性も低くない。ともかく唇に生海老の汁気が大量に付いた状態で、野沢くんにキスしてしまった。そして生海老の汁気が野沢くんの唇に移り、かゆくなった——妹は、そんなことを考えついてしまったんです」

健太は小さく息をついた。

「突飛《とっぴ》な発想のようですが、そうとでも考えなければ、唇だけがかゆくなる理由が説明できません。野沢くんも昨晩の記憶が曖昧だから、自信を持って否定できない。というわけで、土曜日の朝からケンカです。妹は怒って帰ってしまい、野沢くんも一方的に責められて気を悪くした。二人とも別れるつもりはなかったけれど、すぐさま結婚という雰囲気でもなくなってしまった。結婚話は宙ぶらりんのまま一時停止しました。そうしているうちに、僕の方の結婚が決まったんです」

健太は話し疲れたように、グラスを取り上げた。中の液体を口にする。アルコール度数四十度では喉を潤《うるお》すには不向きだけど、気分を落ち着かせる効果はあったようだ。ブランデーを少し多めに飲み込むと、ホッと息をついた。

わたしもはじめて聞く話だった。婚約してから健太の妹である真子とも話すようになり、彼氏の野沢の話もよく聞かされた。でも真子と野沢の結婚が延び延びになった理由を聞いたのは、今夜がはじめてだ。

「うーん」

唸《うな》ったのは熊井だ。

「確かにアレルギーが原因で、破局を迎えかけましたね。恐ろしい話です。でも完全に壊れなくてよかった」

「まったくです」

健太はパンケーキをかじりながらうなずいた。

「酔っぱらって別の女の子とキスしたくらいで別れるなんて、損ですからね」

「そうですね」

今まで黙って聞いていた長江が口を開いた。

「冬木さん、ちょっと確認したいことがあるんですが」

健太は首を傾げる。「なんです？」

「基本的なことです。妹さんがキス説を持ち出したときに、野沢さんは自信を持って否定できなかった。否定できないということは、前の晩の宴会は、最低ふたつの条件を満たしていたことになります。ひとつは料理に生の海老が出ていたこと。もうひとつは、キスしそうな女性社員が参加していたこと。この二点は確かなのでしょうか」

健太はうなずく。

「ええ。それは確かなようです。刺身の盛り合わせに甘海老が入っていたけど、食べた記憶はないということでした。女性社員も数名参加していたそうです。もっとも新人の野沢くんにとっては、年上の先輩社員ばかりだったらしいですが」

「ふむ」長江は右手で顎《あご》をつまんだ。「条件は揃《そろ》っていたわけですね。もうひとつ。野沢さんは、二次会に行ったんでしょうか」

健太は記憶を辿るように眉根を寄せた。

「行っていないと思います。明日もあるからと言って、二次会に行く連中と別れたような気がすると言ってました。財布のお金も減っていなかったようです。二次会に行ったなら、支払いをしたはずですものね。週明けに請求されたということもなかったようですから、曖昧な記憶どおりに、一次会だけでまっすぐ帰ったのでしょう」

「なるほど」長江はブランデーを舐めた。「一次会だけでまっすぐ帰って、眠って起きたら唇が腫れていた、というわけですか」

「そうでしょうね。長江さんが指摘してくださったように、キスによって生海老の汁気が唇についたのなら、一次会のときでしょう」

健太は同意しながらも、納得していない表情だった。わたしも何か腑《ふ》に落ちない。長江の質問は、予想できたことに対する、確認のための質問に過ぎない。だから健太の回答もおかしなものではなかったし、長江が反論しなかったのもうなずける。それなのに、何かがしっくりこないのだ。

その原因を探したら、わりとすぐに見つかった。長江の表情だ。ゲストを招いたときには、いつも穏やかな表情を崩さない人格者の長江が、妙に無表情なのだ。表情を隠している、といった方がいいかもしれない。

今夜は、長いつき合いのわたしが婚約者を連れてきた。冒頭でも珍しく動揺したし、いつもの長江とは調子が違っているのかもしれない——そうも考えたが、わたしはその仮説にも納得できないでいる。わたしは長江の頭脳をよく知っているのだ。単に勉強ができるとかではない、実生活での問題解決能力に優れた、実用的な頭脳。その頭脳が、何かを捉えたのではないだろうか。

嫌な予感がした。仮に長江が捉えたのが楽しい種類のものであったならば、長江はもっと穏やかな表情をしているはずだ。そうでない以上、長江は健太の話から、嫌な種類の事実を探《さぐ》り当ててしまった可能性が高い。では、それはなんだ？

わたしの不安を、熊井が口にした。

「揚子江。表情が冴えないね」

長江は右掌《てのひら》を自分の頰《ほお》に当てた。「そう？」

熊井は長江を上目遣いに睨む。「何を考えてる？」

長江はすぐには答えなかった。皿に残ったパンケーキをかじり、ブランデーを飲んだ。あきらかにためらっている。けれど、結局話すことにしたようだ。グラスをテーブルに置いて、健太に視線を向けた。

「冬木さん。妹さんと野沢さんは別れてはいないけれど、すぐに結婚する雰囲気でもなくなったとおっしゃいましたね」

健太は戸惑いながらも答える。「ええ、確かにそう言いました」

「その後冬木さんと夏美が婚約したというくらいですから、生海老事件が起きたのは、わりと前のことですよね。事件から今日までの間に、やっぱり結婚しようという話し合いはなされているんでしょうか」

「そうですね」健太は答えながらも、表情を険《けわ》しくしていく。

「僕たちの婚約を間近に見て、妹は『やっぱり自分も』と考えているようです。我が家では結婚式が続くかもしれません」

長江は健太を見据《みす》えた。

「もう少し様子を見た方がいいでしょうね」


狭いワンルームマンションは、沈黙で満たされた。熊井もわたしも、そして健太も言うべき言葉が見つからずに黙っていた。

長江はといえば、グラスの中のブランデーを飲むでもなく、ただ液面を眺めるだけだった。

「——ちょっと、揚子江」

熊井が低い声で言った。「どういうこと?」

長江は顔を上げる。わたしを見た。わたしは少し驚いた。その顔が、とても申し訳なさそうにしていたからだ。

「冬木さんの話を聞いて、おやっと思ったことがあった。夏美も熊さんも気づかなかったのかい?」

わたしは黙って首を振る。熊井も同様だ。代わりに健太が口を開いた。

「僕の話に、気になるところがありましたか？」

長江は直接には答えなかった。グラスを傾け、ブランデーを口に含む。

「冬木さんの話自体には、気になるところはありませんでした。奇妙に感じたのは、妹さんの考えです」

「妹の？」

長江は口元だけで笑って見せた。

「妹さんは、とても優秀な頭脳を持っていますね。野沢さんの腫れた唇を見て、なぜそんなことが起きたのかを、論理的に考えていった。いくつかの仮説を立て、検証する。そうやって間違った可能性を排除していって、真相に迫る。見事だと思います。けれど、結論を急ぎすぎた。キス説。それ自体は悪くない。仮説として検討の俎上《そじょう》に載せるのはかまわないのです。でも、なぜそこで思考を止めてしまったのか。恋人に関することだったためか、妹さんは若干感情的になったような気がします」

「すると、キス説は間違いなの？」

わたしが言うと、長江は素っ気なく首を振った。

「間違っているとは言い切れないけど、妹さんは真相にたどり着いていない」

どういうことだろう。健太の話を聞いている限り、一次会で酔っぱらって女性社員とキスしたことが原因という仮説は、説得力があるように思われた。証明できないにせよ、破《は》綻《たん》はないように感じる。長江の真意がわからずに、わたしはパンケーキを口に運ぶ。かりっとした表面からにじみ出るバターが美味だった。

「夏美。それだ」

突然長江が言い、わたしの動きが止まった。「それ？」

長江はうなずく。

「それだ。今、夏美が食べたパンケーキ。ブランデーに合うように、バターをたっぷり使っている。それを食べたおかげで、夏美の唇にバターが付いている」

妙な指摘をされて、わたしは舌で唇を舐めた。確かにバターの味がする。でも、だからどうだというのか。長江は周囲が無反応なのに、失望したような顔をした。

「いいかい？　妹さんの仮説どおり、生海老の汁気がついた唇とキスしたから、野沢さんの唇が腫れたとしよう。では、生海老の汁気がついた唇とはどのような唇だろう。今の夏美と同じだよ。答えは、生海老を食べたばかりの唇だ」

「あ……」

わたしは指先を唇に当てた。長江の言いたいことがわかったような気がする。

「つまりこういうことだ。キス説が正しければ、その女性社員は一次会の真っ最中に、大勢の参加者の目の前で、生海老を食べた直後に、野沢さんにキスしなければならないんだ。そんなことがあり得るだろうか。営業の宴会が激しいといっても、乱交パーティーじゃないんだ。どんなに酔っぱらっていたとしても、社会人の宴会で、これから結婚しようとする男と、一次会の会場でキスなんかするもんか。あまりにも常識からかけ離れている。いくら本人がキスしようとしても、周囲が止めるよ」

「……」

「では、一次会が終わった後、他の参加者に見つからないようにキスしたのか。それも変だ。その頃には、とっくに生海老の汁気なんか唇からなくなっている。食べたり飲んだりしたときは、無意識のうちに唇を舐めるものだからね。どちらにせよ、酔っぱらったあげくの不可抗力で野沢さんの唇に生海老の汁気がついたと考えるのは、無理があるんだよ」

「不可抗力と考えるのは、無理がある」

熊井がそっと言った。

「すると揚子江はこう言いたいわけか。野沢さんの唇が腫れたのは、何者かの明確な意志に基づいている、と……」

どきりとした。かゆくなった程度だったとはいえ、野沢は迷惑を被《こうむ》っている。それもアレルギーという、あまり無邪気ではない種類の。それが明確な意志によるものとすれば、それは『悪意』ではないのか。

「では何のために、その人物はそんなことをしたのか」

長江が話を再開した。

「野沢さんに対する怒り、恨み、そんな表現もできるけれど、ここでちょっと視点を変えて、設問を考えてほしい。こんな感じだ。なぜその人物は、野沢さんの唇を腫らそうとしたのか。野沢さんの唇を腫らすことによって、何を得ようとしたのか、というふうに」

「よくわからないな」

熊井は不満げな表情を隠そうともしなかった。

「食物アレルギーで唇が腫れた。かゆい。それはかなりの不快感だろう。それ自体が目的だと考えるのが自然だと思うけど」

熊井の文句に、長江はうなずきで応える。

「普通ならそれで正解だと思う。でも、このケースでは、他にも考えられることがある。野沢さんは、自分が結婚間近であることや、明日結婚の打ち合わせをする予定だということを、宴会の会場で発言している。その事実と、さっきのキス説から、俺はこんなことを思いついたんだ」

長江はテーブルを囲む人間を順番に見た。

「ひょっとするとその人物は、野沢さんの唇を腫らすことによって、結婚相手とキスできないようにしたのではないか、と」

「ええっ？」

思わず大声が出てしまった。長江の言葉は、それくらい意外なものだった。

「なぜ結婚相手とキスさせたくなかったのか。俺は単純に考えた。その人物は野沢さんの結婚を喜んでいないからだ。なぜ喜ばないのか。――自分を捨てて結婚するからだ」

部屋はしん、となった。長江は舌で唇を舐めた。まるで唇についたものを取り去ろうとするかのように。

「野沢さんは会社に入って、先輩の女性社員と出会った。今までつき合っていたのは同学年の女の子。一方目の前にいるのは、大人の魅力を持った女性だ。恋人と別れる気はなかったけれど、つい目の前の色香に負けた。女性社員の方も、若々しい新入社員を可愛いと思ったのかもしれない。そうして秘密のうちに二人の交際は始まった」

それは社会に出ると学生時代の恋人と別れるという、典型的なパターンではないか。真子と野沢との間にも、そのようなことが起きかけていたのか。

長江の話は続く。

「それでも野沢さんは、今までの恋人と別れることはできなかった。就職と同時に結婚しようとまでしていて、両方の親に止められたくらいだ。就職して一年も経《た》たないうちに『新しい恋人ができたから、結婚は取りやめます』なんて言えるわけがない。年上の新恋人に対する感情も、おそらく本気ではなかった。目の前の華に迷っただけで、愛情は今までの恋人にあった。だから、就職して一年経ったときに、学生時代からの恋人との結婚を決意した。しかしそれで収まらないのが先輩の女性社員の方だ。もちろん事前に別れ話があったのだろうし、年上のプライドから一見寛容に受け入れたのだろう。でも完全に吹っ切れてはいなかった。しかも神経を逆なでするように、野沢さんが宴会の最中に結婚話を持ち出した。野沢さんから見れば、別れ話は決着がついており、何の問題もないはずだった。相手が年上の大人だからという甘えがあったのかもしれない。なんといっても、まだ就職して一年の若者だ。そこまで心配りができなくても仕方がないのかもしれない」

熊井も、健太も、そしてわたしも強《こわ》ばった顔で長江の話を聞いていた。話をする長江自身の顔も、けっして穏やかではなかった。苦いものを口に入れたときのような表情をしながら、それでも話を続けた。

「しかしそれは女性社員を怒らせるのに十分だった。そして目の前には、野沢さんがアレルギーを持っている、甘海老の刺身がある。身体に触れるとかゆくなるだけで、おそらく死んだりはしない。これを利用することを考えた。とはいえ、いくら酔っぱらっていても、アレルゲンには強い拒否反応を示すだろう。甘海老をティッシュか何かにくるんで隠し持って、チャンスを窺《うかが》った。けれど一次会の間にチャンスはなかった。チャンスはその後だ。野沢さんは一次会だけで帰るという。すでに相当酔っぱらっている。他の社員に気取《けど》られないように自分も抜け、野沢さんの身体を支えるように、一緒にアパートまで行った。つい最近までつき合っていたから、酔っぱらった野沢さんは、女性社員がついてきてくれることに違和感を覚えない。アパートで服を脱ぎ捨てて布団に入り、すぐに眠ってしまった。ようやくチャンスだ。冬木さんはサークルの合宿で眠った人間の顔に落書きをする例を引き合いに出した。そのとおり、相手が眠ってしまわないと、相手が気づかぬうちにいたずらはできない。女性社員は野沢さんが眠ったことを確認してから、隠し持っていた甘海老を野沢さんの唇に押しつけた。あるいは自分の唇に塗りつけ、その唇でキスしたのかもしれない」

そうか。わたしはようやく理解していた。キス説が間違いなのかとわたしが問うたとき、長江は間違いとは言えないと答えた。それは、キスが原因である可能性もあったからなのだ。

「これで目を覚ました頃には、野沢さんの唇は腫れ上がっているだろう。もちろん皮膚病じゃないから触れてもどうということはないけれど、雰囲気的にキスはしたくなくなるだろう。女性社員としては、それでよかった。二人の仲を壊す必要なんてない。無神経に人の心を傷つけた野沢さんに、ちょっとしたお仕置きをしたつもりだった。だから修羅場《しゅらば》にならないよう、恋人が現れる前に撤収した。予想外だったのは、野沢さんの恋人は賢い女性で、女性のキスによってアレルゲンが唇についた可能性に思い至ってしまったことだ。それによって女性社員のお仕置きは、結婚延期という予想外の結果をもたらすことになってしまった」

長江は口を閉ざした。自らブランデーのボトルを取り、貴重な液体をグラスに注いだ。ゆっくりと口に含む。口の中で転がすように飲み、息を吐いた。

「夏美、申し訳ない。たいした根拠もないのに、義理の弟になる人に失礼なことを言った」

長江はわたしと健太に向かって頭を下げた。わたしも健太も黙っていた。長江の話は、信じられない。信じたくない。それでも、反論もできないのだ。身に覚えがないのに、突然腫れ上がった唇。キス説で恋人に責められても明快に否定できなかった野沢。長江の仮説が、それらをすべて説明できているからだ。

わたしは感嘆していた。長江の頭脳は、腫れた唇ひとつから、野沢の隠していた秘密を暴き出してしまったのだ。同時に、「もう少し様子を見た方がいい」という言葉の意味も理解していた。キス説は間違いとは言い切れないけれど、真相にたどり着いてはいないという言葉。真子は野沢の腫れた唇を見て、酔った勢いで他の女性とキスした行為に激怒した。けれど真相はもっと深刻なものだった。野沢は真子を裏切っていたのだ。しかしキス説で感情的になった真子は、そこまで見抜けなかった。だから真子は野沢を許し、結婚しようとしている。

本当にその選択は正しいのか。二人はまだ若いのだから、もう少し様子を見て、野沢の気持ちがやはり本物だったことを確認してからでも遅くないだろう——長江はそう言いたかったのだ。

そっと健太の顔を見る。健太は怒ってはいなかったが、深刻そうな顔をしていた。たった今聞いた話を、真子に話していいものか、迷っているのだろう。

「でもまあ、心配するほどのことはないのかもしれない」

長江はやや口調を変えて言った。

「妹さんは賢い人だ。冷静になった後、あらためて真相にたどり着いた可能性は高い。それでも別れなかったということは、二人できちんと話し合いをして、決着をつけたんだろう。それならば心配ない。妹さんは幸せになれるだろう」

「そうだね」

熊井が相づちを打って立ち上がった。キッチンに向かう。すぐにシンプルなボトルを持って戻ってきた。滅多に手に入らないといわれる、ブランデーの逸品ポールジロー。熊井は偶然二本手に入ったと言っていた。これが残りの一本か。

熊井は未開封のブランデーを、冬木に手渡した。

「妹さんと野沢さんが結婚した暁には、これをプレゼントしてあげてください」

ぶっきらぼうな口調だったが、その声には優しさが溢《あふ》れていた。

「夏美と冬木さんみたいに、妹さんたちにも幸せになってほしいですから」

PIPER
CHAMPAGNE
BRUT
PIPER-HEIDSIECK
CHAMPAGNE
BRUT
750ml
COGNA
PAULGIR
GRANDE CHA
Premier Cru de

煙は美人の方へ

何事にも区切りはあるものだ。

それが終わりを意味しなくても、「ああ、ここまで来てしまったか」という感慨に浸《ひた》ってしまうタイミング。長江高明と熊井渚にとっては、わたしが婚約者を連れてきたときが、それに当たったのだと思う。そしてわたしにとってのそれは、今日だ。なぜなら、永らく飲み会の会場になっていたワンルームマンションを、長江が引き払うのだから。

「自信はない」

わたしの夫、冬木健太は真面目な顔でそう言った。

「だって、今まで酒は熊井さんが、料理は長江さんが担当していたんだろう？　あの人たちにかなうとは思えないな」

「そんなことないって」

わたし――冬木夏美は軽く手を振る。

「健ちゃんはお酒にも詳しいし、料理上手じゃんか」

「そりゃ、夏美と比べての話だろう」

「悪かったわね」

料理の苦手なわたしは、ふくれて見せた。

わたしたち夫婦は、わたしの学生時代からの友人である長江のマンションに向かってい る。わたしと長江、そして熊井の三人は、大学時代からしょっちゅう一緒に飲んでいた。わたしが結婚してからは、夫である健太を加えて、四人で飲むスタイルが定着している。

「熊さんってば、健ちゃんがお酒がわかるってだけで、わたしの結婚を祝福したのよ」

「期待に応えられるかは自信ないけどね」

健太はまた言った。その肩からはクーラーボックスが提《さ》げられている。今日は長江の引っ越し祝いも兼ねているから、酒と肴《さかな》をわたしたち夫婦が選んで持参することになっていた。それはつまり、健太が独りで選定するということだ。準備をさせたあげくに荷物まで持たせて悪いとは思うけれど、日常の洗濯とアイロンがけはほとんどわたしがやっているのだから、労働のバランスは取れていると思う。

マンションの階段を上り、長江の部屋の前に立つ。呼び鈴を押すと、長江本人ではなく熊井が現れた。

「いらっしゃい」熊井はにやりと笑う。「きれいなところだけど、まあ、上がってくれ」

長江の部屋はいつも片づいていてきれいだ。今さら言われるまでもないと思って中に入ったら、熊井の言った意味がわかった。

「あら、なんにもない」

元々家具の少ない部屋だったけれど、今は文字通りがらんどうになっている。既《すで》に引っ越し屋が持って行ったのだろうか。フローリングの床には、ボストンバッグがふたつと、携帯用の座布団が四つ置いてあるだけだ。そのひとつに長江が座っていた。

「ようこそ」

長江がわたしたちに微笑《ほほえ》みかけた。表情がいつもよりゆったりとしているように感じられる。少しばかり疲れているみたいだった。

「荷物を新しい部屋に送ってしまってね。向こうで荷物を下ろして、またこの部屋に戻って掃除を済ませたところだよ」

「そうそう」熊井が背後から続けた。「こんな狭い部屋だから、荷物なんてたいしてないだろうと思ってたけど、まとめてみたらけっこうあるもんだな。さすがにくたびれたよ。汗と埃《ほこり》にまみれたから、夏美たちが来る前にシャワーを浴びさせてもらった」

そういえば、引っ越しの手伝いで動き回ったわりには、熊井はさっぱりした感じだ。整った顔だちも、最近長めにしている髪も、艶々《つやつや》している。働いた後シャワーを浴びて、後は酒を飲むだけといったところだろうか。

健太が持参した新聞紙を床に敷いて、その上にクーラーボックスを置いた。

「とりあえず、お引っ越しおめでとうございます――って、そんな言い方が正しいのかわかりませんが」

長江に勧められて座布団の上に座る。健太がクーラーボックスの蓋《ふた》を開けた。中から取り出したのは、緑色のボトルだった。赤いラベルが付いている。それを見て、熊井が目を輝かせた。

「おおっ、パイパーですか」

熊井は酒については嘘のつけない人間だ。健太の選定を純粋に評価してくれたのがわかって、わたしは少し安心する。

「それって、いいお酒なの？」

酒好きでも知識がないわたしは、熊井に尋ねた。熊井は重々しく首を縦に振る。

「パイパー・エドシックは、カンヌ映画祭で使われるシャンパーニュとして有名なんだ。華《はな》やかなイメージがあるから、ある意味もっともシャンパーニュらしいシャンパーニュかもしれない。さすが冬木さんはわかってる」

あまりに大真面目に感心するものだから、思わず笑ってしまう。酒に関しては、本当に正直な奴だ。

「今宵《こよい》にふさわしいと思いましてね」

健太はワイングラスを四客取り出した。四客すべてが同じものではなく、ペアグラスがツーセットだ。二人の友人から、それぞれ結婚祝いとして贈られたものを持ってきた。プレゼントに選ばれるくらいだから高級品で、普段使いには気が引けていたけれど、今夜はいい機会だろう。

「肴はありふれたものなんです」

健太が続いてクーラーボックスから取り出したのは、スモークサーモンだった。おお、と長江が感心した声を出した。

「残念ながら自分で燻製《くんせい》にしたわけじゃなくて、買ってきたものです」

そう言いながら包装を開けて、これまた持参の皿に移す。「引っ越しの最中だから、すでに食器が梱包《こんぽう》されているかもしれない」と健太が言い出して、何もかも家から持ってくることにしたのは正解だった。さすが我が夫、気が利《き》くことに関しては長江にも負けない。

四人で車座に座って、中央にシャンパーニュとスモークサーモンを並べた。

「じゃあ、始めましょうか」

健太が栓《せん》を留めてある針金を外した。「ここに来るまでに揺すられているから、中身が噴《ふ》き出すのは確実です。それは勘弁してください」

「大丈夫ですよ。夏美がとっさにグラスに受けてくれるはずですから」

熊井が無責任なことを言う。それでもわたしは既に、ぬかりなくワイングラスを手にしていた。

健太が栓を布巾《ふきん》でくるんで握り、ゆっくりとボトルを回した。やがて小さい音がして、栓が抜かれた。

「夏美、グラス」

「あいよ」

グラスをボトルの口に当て、噴き出してくるシャンパーニュをグラスの中に落とす。少しこぼれてしまったけれど、回収率はなかなかのものだ。シャンパーニュで満たしたグラスを全員に渡す。

「それでは、乾杯」

「今まで会場になってくれた、この部屋に感謝を込めて」

唱和して、シャンパーニュを口に含む。シャンパーニュは発泡性のワインだけれど、その泡は炭酸飲料の泡とは質が違うように感じられる。泡が細かいのだ。フルーティさと、苦みすら感じさせるキレ。飲み込むと、泡が食道を通り抜けていくのがわかる気がした。

続いてスモークサーモンを口に入れる。魚の生臭さではなく燻香が口腔《こうくう》内に広がり、その後脂《あぶら》の乗ったサーモンの濃厚な味わいが続く。またシャンパーニュを飲む。サーモンの脂を泡が消し去り、またサーモンを食べたくなる。

「うーん、いいですね」

長江が感嘆の声を上げた。「シャンパーニュなんて夏美と冬木さんの結婚式以来だけど、やっぱりおいしいものですね」

「シャンパーニュは、実はビールと同じくらい肴を選ばないんだけど」

熊井が後を引き取った。「中でもスモークサーモンは相性抜群だな」

「自分で作ればよかったんですが」

健太は軽く笑った。

「なかなかチャレンジする機会がなくて」

「燻製作りは楽しいですよ」

料理の話だから、長江が乗ってきた。

「うちは親父がアウトドア料理好きだったから、子供の頃から燻製作りも手伝ってました。もっとも保存食を作る意味での燻製じゃなくて、食材に煙の香りを付けておいしく食べるって程度の燻製でしたが。今なら燻製キットもたくさん売られているから、きちんとした燻製も作れますよ」

「あら、面白そう」わたしは隣《となり》の健太に顔を向けた。「健ちゃん、今度やってみよう」

「いいね」健太はうなずいてくれたけれど、すぐに言葉を継いだ。

「でもスモークサーモンは冷燻《れいくん》だから、簡単にはできないよ」

わたしは首を傾《かし》げる。「れいくん?」

「熱をかけずに、長い時間煙だけを当てる燻製の作り方だよ。それなりの技術が必要だから、初心者が簡単に作れるようなものじゃない。我々レベルで作れるのは、炙《あぶ》りながら煙を当てる熱燻《ねっくん》か、それより少し低い温度で素材の水分を飛ばしながらいぶす温燻《おんくん》だね。これならば、スモーク香の強い、それらしい燻製ができる」

長江が丁寧に説明してくれた。わたしはスモークサーモンを軽く嗅《か》いでから口に運んだ。

「確かに、スモークサーモンって、あんまり煙の匂いが強くないよね。そうか、作り方からして違うのか」

スモーク香の弱いスモークサーモンを食べながら、スモーク香の強い燻製の香りを思い出そうという変なことを試みたけれど、さすがにできなかった。代わりに、スモーク香というキーワードから、ずっと昔のことを思い出した。

「そういえば、人間燻製になったことがあったよね」

唐突なわたしの発言に、この場の全員がきょとんとした。いくら聡明な長江と熊井でも、すぐにはわからなかったようだ。わたしは説明する。

「思い出さない？　一緒にキャンプに行ったじゃない。わたしたちと、樋山《ひやま》くんと、真知《まち》子《こ》と」

熊井は頭の中で、「編集」メニューから「検索」を実行していたらしい。少し時間がかかったものの、膨大な知識や記憶の中から、わたしが口にした名前を探し当てたようだ。

「——ああ。大学二年の秋ね」

「樋山隼人《はやと》くんと、岡野《おかの》真知子さんだっけ」

こちらも記憶をたぐり寄せたらしい長江が言う。残念ながら、わたしは二人のフルネームまでは憶《おぼ》えていない。真知子の岡野姓はそう言われると思い出せたけれど、樋山の方は「隼人」と言われてもピンとこなかった。つまりは、その程度の知り合いだったということだ。

熊井が懐《なつ》かしそうな顔をする。

「そういや、そんなことがあったな。焚《た》き火をしたときだっけ」

「そう、それ」

「どんな話?」

当時は知り合ってもいなかった健太が、尋ねてきた。わたしは健太の知らない話題を出したことを申し訳なく思いながら答える。

「わたしたちってずっと三人で飲んでるけど、最初はもう二人いたんだ。それが今名前を出した、樋山くんと真知子。樋山くんはまあ普通の人だったけど、真知子ってば、すごい美人だったのよ」

健太が「一度お会いしたかった」と軽口を叩《たた》く。わたしはその脇腹を軽くつねった。

「真知子っていうのが社交的な子でね。色々なところで友達を作ることに長《た》けた性格だったの。わたしは真知子と同じ授業を選択したことがきっかけで知り合ったんだけど、熊さんや長江くんは、実は彼女から紹介されたんだ。樋山くんも同様」

「でも、真知子さんと樋山さんがいつしか疎遠になって、三人が残ったと。みんなを引き合わせた張本人が、真っ先に抜けたというわけか」

まあ、そういうことはよくあるからなと、健太は続けた。

わたしは舌の上でとろけるようなスモークサーモンを堪能《たんのう》してから、話を再開する。

「どちらかといえば、真知子は人懐っこい性格というよりは、色々なタイプの友人をコレクションしているって感じだったな」

健太が首を傾げる。「っていうと?」

わたしはグラスを干すと、自分と健太のグラスにシャンパーニュを注《つ》いだ。

「彼女が誰かを紹介してくれるときには、必ずその人のキャッチコピーが付いてたのよ。『悪魔的な頭脳を持った長江くん』とか、『野鳥の生態に詳しい樋山くん』とか。熊さんは『雑学博士の熊さん』だったかな」

「夏美を紹介されたときは『一升瓶を一気飲みできる夏美』だったと思うけど」

熊井が余計なことを思い出した。

「ともかくキャッチコピーが、その人の優《すぐ》れた素質であったり、特技だったりしたものだから、真知子がそういう一芸を持った人間を選んで友達にしていたというのがわかるのよ。だからコレクション」

「ふうん」健太はつぶやくような相づちを打った。シャンパーニュを口に運ぶ。

「その真知子をコレクションしたのが樋山氏だった」

熊井が続けた。

「えっ?」

健太は怪訝《けげん》な顔をする。けれどすぐに熊井の言いたいことを理解したようだ。

「ああ、真知子さんと樋山さんがつき合いはじめたんですね」

「そうです」

熊井がうなずく。

「真知子と樋山氏が我々から離れたのは、あの二人がつき合いはじめたからだったな」

熊井がわたしに視線を向けた。

「そういえば、あの二人、その後どうなったんだろう」

熊井の問いかけに、わたしは記憶をたぐる。

「よく憶えてないけど、結局結婚したんじゃないかな。学科の同窓会があったときに、誰かからそんな話を聞いた気がする」

「それはめでたい」

「そう?」

珍しく熊井が素直に他人の幸せを祝う発言をしたから、少し意外だった。それが返事に表れたのか、熊井は「失礼な」と頰《ほお》を膨らませた。

「だって、二人がつき合うきっかけになったのは、あのキャンプだぞ。だからその場にいた我々は、いわば縁結びの神だ。それならハッピーエンドで終わってほしいじゃないか」

「それもそうか」

「きっかけというほどの事件があったの？」

健太の質問に、わたしは軽く首を振る。

「事件というほどのことはなかったよ。実際、そのときに二人が特にべたべたしていたわけでもないし。後になって考えたら『ああ、そういえば』って感じかな」

「ってことは、そういえばと言える程度のことはあったんだ」

「うん」今度はうなずいた。「それが人間燻製」

健太はシャンパーニュを飲んだ。

「察するに、キャンプで焚き火をしたら煙が大量に出て、それにいぶされたことを意味していそうだな」

「そういうこと」

「懐かしいね」長江が遠い目をした。「そんなこともあった」

「そんなこともあったって簡単に言うけど」

熊井が非難の視線を向けた。

「そもそもの発端は揚子江じゃないか」

「そうだっけ」

「そうだよ」熊井が唇を尖《とが》らせた。「揚子江が湿った枝なんか拾ってきたから、あれほど煙が出たんだぞ」

言われて、わたしもそのときの光景が甦《よみがえ》ってきた。

「そうだった。確か夕方近くになったとき、夜の焚き火に備えて、みんなで薪《まき》を集めようって話になった。そのときに長江くんが、森の奥の方から枝をわざわざ引っ張ってきたんだ。太い枝だったからみんな感心したけど、いざ燃やしてみると、ものすごい煙が出たんだよね」

「まあ、楽しかったから、よかったじゃないか」

他人事《ひとごと》のように長江が笑う。熊井が表情を憮然《ぶぜん》から苦笑に変えた。

「まあ、盛り上がるネタになったのは間違いないけどね。それで樋山氏が男を上げたのも間違いないし」

「男を上げた?」

健太が聞き返す。日常生活ではあまり使わない言葉だ。熊井がうなずく。

「そうなんですよ。夕暮れ近くになって焚き火を始めました。焚き火の着火は難しいものですが、揚子江が器用に火を熾《おこ》しました。細い枝から燃やしていって、いい感じの焚き火が出来上がったところで、そろそろ太い枝を、と揚子江の持ってきた枝を火にくべたら、いきなりの白煙です。とはいえ、嫌がったり抗議の声があがったわけではありませんでした。昼間から酒を飲んでいたから、みんなハイテンションになってしまっていて。風向きが変わるたびに違う方向に煙が流れるものだから、まるでハンカチ落としみたいに、焚き火の周りをぐるぐる煙から逃げ回りました。煙たくて痛快で、みんなきゃあきゃあ言ってはしゃいでいました。さっき揚子江が『楽しかった』と言ったのは、そのことです」

熊井がいったん話を切って、息をついた。喋《しゃべ》りすぎて喉《のど》が渇いたのか、シャンパーニュを飲む。軽く目を閉じて、泡が喉を過ぎる快感を楽しんでいたが、すぐに話を再開した。

「でも酒を飲みながらぐるぐるまわっていたから、みんな疲れて適当な場所に座り込みました。煙がやってきても、目をしょぼしょぼさせるだけで、そのまま飲んでいました。そんなとき真知子が『わたしの方ばっかり煙が来る気がする』って言い出したんです。本当に彼女の方にばかり煙が流れたのかはわかりませんが、敏感な質《たち》なのか、煙が目に染《し》みて、目を真っ赤にしていたのを憶えています。そしたら隣に座った樋山氏が『焚き火の煙は美人の方へ流れるんだよ』と言って、焚きつけに使ったうちわで懸命に扇《あお》いで、真知子に向から煙を払ってあげたんですよ。もちろん焚き火を囲んでいる間中ずっと扇いでいたわけじゃありませんけど、けっこう献身的でした」

「微笑ましいですね」

健太が邪気のない口調でコメントした。

「そういえば、煙が美人の方に流れるって話は有名ですよね。僕も焚き火やキャンプファイヤーを囲んだときには、必ずといっていいほど、その話を聞いた気がします」

「わたしの方にも流れてきたわよ、ちゃんと」

わたしが口を挟んだ。

「でも、樋山くんはわたしに向から煙を払ってくれなかった」

「そりゃそうだ」

熊井がぞんざいに手を振った。

「だって、あのときの夏美は『煙なんて気にならなくなるまで飲めばいいんだ』って叫んで、日本酒をがぶ飲みしていただろう。煙の方がびびって来なくなるって」

健太が吹き出した。

「いかにも夏美らしい話だ」

「若気の至りだってば」

わたしは強い口調で言った。過去の恥を暴露した友人に視線を投げつける。

「熊さんだって、長江くんを捕まえて自分の身体を嗅ぎながら、『この匂いを肴に飲めるな』って絡《から》んでたじゃない」

「えっ?」

熊井が鼻白《はなじろ》む。「そんなこと、言ったっけ」

「言った、言った」

わたしは畳《たた》みかける。

「『焚き火の煙なんて、燻製みたいなものだ』とも言ったよ。その言葉が印象的だったから、人間燻製の話を思い出したんじゃない」

「酔っぱらってたんだよ」

わたしの攻撃に、熊井は思いっきり顔をしかめた。

「だって揚子江は、自分で原因を作っておきながら『燻製は防腐のために考え出された調理法だから、みんなの肌は防腐されて若さを保てるよ』なんて呑気《のんき》なことをのたまっていたんだ。だから『美肌より酒の方がいい』って意味で言ったんだ。そしたら揚子江はのけぞって次の言葉が出てこなかったから、こっちの勝ちだ」

いかにも長江と熊井らしいエピソードだ。真知子がキャッチコピーを付けるまでもなく、長江の頭脳は当時から際だっていた。本人の穏やかさにもかかわらず、長江に反論できるような雰囲気はなかったのだ。わたしを含めた周囲の人間が、長江の頭脳を恐れていたともいえる。唯一の例外が熊井で、チャレンジャー精神を発揮して、長江にあれこれと文句を言っていた。焚き火の件もその一例だろう。わたしは二人の掛け合いを思い出して思わず笑ってしまう。

熊井が気を取り直すようにシャンパーニュを飲み干して、話題を自分たちから真知子に戻した。

「後になって考えたら、たぶん樋山氏は前から真知子のことが好きだったんでしょうね。樋山氏が所属していたバードウォッチングのサークルでは、キャンプをしながら野鳥を待つという活動をしていたそうです。だから樋山氏はキャンプに慣れていました。アウトドア活動の技術を持っているというのは、男としてポイントが高いですから、真知子の前でいい格好をしたかったんでしょう」

「そんなところだろうね」わたしが熊井の意見に賛同した。

「キャンプに誘ったのは樋山くんだったし、わざわざサークルからキャンプ道具一式を借りてくれたりしたし。実際テント設営の手際もなかなか見事で、真知子がずいぶん感心して見てたよね。そして焚き火のときはうちわで煙を払ってくれたから、真知子の心に樋山くんが『頼りになる男だ』と強く印象づけられたのは間違いない。その後真知子は樋山くんに誘われて、バードウォッチングサークルに入ったんだ。それからはそちらの仲間と一緒にいることが多くなって、自然にわたしたちから離れたのよ」

「なるほど」健太がうなずいた。「まさしく青春の一ページって感じだね」

「でしょう?」

我ながら、ずいぶんと昔のことを思い出したものだ。やはり長江の引っ越しがわたしの心に感慨をもたらして、それがわたしたちがまだ気楽な学生だった頃のことを思い出させたのだろう。その引き金になったのがスモークサーモンだったのだ。

健太はパイパーのボトルを取り上げて、空になった熊井のグラスに泡の酒を注ごうとした。ところがもう残っていなかったらしく、出てきたのは雫《しずく》だけだった。健太は空のボトルを脇に置いて、クーラーボックスから二本目のボトルを取り出した。「おおーっ」と歓声があがる。

「夏美。ちょっと聞きたいんだけど」

健太が針金を外しながら言った。

「なあに?」

「旧友の真知子さん。彼女は一芸に秀でた人を友達にして、その人をキャッチコピー付きで紹介したって言ってたよね」

わたしの「うん」という返事と、栓が抜かれる音が重なった。健太は自らグラスをボトルの口に当てて、噴きこぼれる酒を回収した。そして瓶の状態が落ち着いてから、あらためて熊井のグラスにシャンパーニュを注ぐ。熊井が手刀《てがたな》を切って感謝の意を表した。

健太は視線をわたしに戻す。

「それでは、真知子さん自身は、どんなキャッチコピーで表現できたんだろう」

「美人」

わたしは即答したが、健太は納得しなかった。

「他には？」

「他？　えっと……」

当時のことを思い出そうとする。けれどすぐに頭を振った。

「思い出せないな。っていうより、本人がそれしかないって言ってた気がする。――そうだ。わりと仲が良かった頃、『わたしには取り柄がなんにもないのよね』とか言ってた。それでわたしが『真知子には顔があるじゃんか』って言ったら、彼女は否定しなかったもの。否定するどころか『そう。それだけ』って、居直ったように答えてたから、やっぱり『美人の真知子』なのよ」

「そうか」

健太はそう答えたが、わたしの答えに満足しているふうではなかった。いや、正確に言うならば、それだけで話を終わらせる気がないようだった。案の定、宙を睨《にら》んでいた目が、再びわたしの方に向けられた。

「学生時代、五人の男女がキャンプに出かけた。飲んではしゃいで楽しんで、そのうち二人がくっついた。さっきも言ったけど、まさしく青春の一ページだね」

「う、うん」

わたしはただ同意するだけだった。突然話をまとめた健太の意図がわからなかったからだ。健太はわたしの戸惑いをよそに話を続ける。

「そのキャンプをきっかけに交際を始めた二人は、その後結婚するに至った。そう考えると、ただの一ページではあっても、真知子さんと樋山さんにとっては特別な一日だった。そういうことになるね」

わたしはうなずく。健太はそんな妻と、妻の友人たちを優しい目で見つめた。

「みんなにとっても特別な一日だったんだね」

ワンルームマンションは沈黙に包まれた。

健太の唐突な発言に、わたしは反応することができずに固まっている。熊井はその表情に不審をありありと浮かべている。長江は、穏《おだ》やかな表情でシャンパーニュを飲んでいた。健太はボトルを取り、長江のグラスにシャンパーニュを足した。自らのグラスにも注ぐ。

「――健ちゃん」

ようやくわたしは声を出すことができた。「どういうこと?」

「どうもこうも」健太はグラスを床に置いた。「真知子さんと樋山さんにとって特別だったように、ここにいるみんなにとってもそのキャンプは特別だった。そういうことだよ」

「揚子江病だ」

熊井が頭をかきむしった。

「冬木さんまで意味不明なことを言い出した。揚子江病に感染したに違いない」

「ちゃんと説明しますよ」

健太が苦笑した。すぐに表情を戻す。

「でもその前に確認しておきたいのですが。――長江さん」

健太は長江を見た。長江も見返す。

「なんでしょう」

健太は唇を舐《な》めた。

「湿った枝を火にくべて、大量に煙を出した。あれは、わざとですね？」

「ええっ？」

家具のない部屋に、わたしと熊井の声が響いた。意外に大きな反響に、思わず自分の口を押さえる。健太も長江も、その声が聞こえなかったように互いを見つめていた。

長江が微笑む。「どうしてそう思うのですか？」

「だって」健太も笑顔を作った。こちらの方は、むしろ苦笑だ。

「長江さんはアウトドア料理好きのお父さんの手伝いを、子供の頃からやっていたんでしょう？　つまり野外の火に慣れていた。焚き火を熾す技術も持っていて、実際にキャンプの場でも器用に着火してみせた。そんな長江さんなら、湿った枝を火にくべるとどうなるか、よくわかっていたはずです。薪になるものを探しに行ったのなら、湿った枝を見つけた瞬間に、これは使えないなと判断できた。それなのにわざわざ拾ってきて、しかも実際に燃やした。これがわざとでなくて、何だというのでしょうか」

「あ……」

熊井の口からそんな声が漏《も》れた。わたしも同じだ。わたしたちはその場にいながら、そんなことにまったく気づかなかった。

「僕がわざと湿った枝を燃やして、煙を出した」

長江は笑顔を崩していない。「なぜそんなことを？」

健太は苦笑を収めた。「単純な発想でよければ」

長江はうなずく。「いいですよ。たぶん、単純な発想の方が正解でしょうから」

それでは、と健太は背筋を伸ばす。

「援護射撃ですね。樋山さんが真知子さんに接近するのを、煙によって手助けした」

長江は黙って先を促した。それはつまり、その一言が間違っていないと認めたことに他ならない。それに勇気を得て、健太は話を続けた。

「アウトドア歴の長い長江さんは、煙は美人の方へ向かうという戯《ざ》れ言《ごと》を知っていたでしょう。そしてサークル活動でキャンプを頻繁にしている樋山さんも、そのことを知っている可能性が高い。だったら、それをネタに樋山さんが真知子さんに話しかけられるように仕向ければいい。焚き火から煙をどんどん上げてやれば、風向きによって焚き火を囲んだ人間に煙がかかることになります。もちろん真知子さんにも煙は向かうでしょう。そうしたら樋山さんは『煙は美人の方へ向かうんだよね』と言いながら、手に持ったうちわで真知子さんを扇いであげればいい。美人という真知子さんの美点を褒めることになりますから、彼女も悪い気はしないでしょう。それにうちわで扇ぐことは優しさをみせることになって、好意を獲得できるかもしれない。樋山さんはそれを望み、長江さんのさりげないアシストによって成功を収めた。結果的に二人が結婚してしまうくらいに」

「………」

わたしは口を挟むことができなかった。あのときの煙が故意に出されたものだということは驚くに値《あたい》する説だったし、その目的が恋の橋渡しだったというのはもっと意外だったからだ。けれど、熊井が難しい顔をして口を開いた。

「冬木さんの仮説には真実味があります。妙なところで気を配る、揚子江の性格にも合っている。でも、なんというか、もう少しやりようがなかったのでしょうか。結果的にうまくいきましたが、派手な見た目の割には、それほどの効果が得られない可能性もあります。揚子江なら、もっと成功率の高いアシストを考えついて、実行してもおかしくはありません」

なるほど。熊井は要するに、そんな仕掛けは長江には役不足だと言っているのだ。確かに賛成できる意見だけど、健太は動揺しなかった。

「そうですね。僕もそう思います。だから、これは長江さんにとって乾坤一擲《けんこんいってき》の仕掛けというわけではなかったのでしょう。むしろ、うまくいけばもうけもの、といった程度だった。いわば、ついでです。長江さんの狙いは、むしろ別のところにあったと思います」

「……なんですか？」

健太は複雑な表情をした。申し訳なさそうにすると同時に面白がると、こんな顔になるだろうか。でもわたしには、その表情の意味がわからなかった。

「かなり僕の想像が入ります。僕の考えでは、長江さんの最大の目的は、樋山さんと真知子さんをくっつけることではなかった。そうではなくて、真知子さんに自分を嫌わせることにあった」

「ええーっ？」

また大声を出してしまった。真知子に長江を嫌わせるだって？

健太はわたしに向かって唇の前で人差し指を立ててみせた。夜なんだから、静かにしなさいと。

「より正確に言うならば、真知子さんに、長江さんに対してがっかりさせたかった。熊井さんは、アウトドア活動の技術を持っているというのは、男としてポイントが高いと言いました。逆に言えば、アウトドア活動で失敗すれば、ポイントは下がるということです。長江さんが狙ったのはそれでした。焚き火を上手に着火するというのが、かなりの技術を要することだなんて、やったことのない人間にはわからない。だからそのことで真知子さんは長江さんに感心しなかった。あるいは感心したとしても、そんなもの吹き飛んでしまうくらい派手な失敗をすれば、真知子さんは長江さんに失望するだろうと考えたのです」

「うわあ」

熊井がまた頭をかきむしった。

「よくわかりません。揚子江は、なぜそんなことを?」

同感だった。言葉だけを追いかければ、長江がそのような行動を取ったことに矛盾はない。でもそれは言葉だけのことだ。なぜ長江がそのようなことをしたかの説明がなければ、到底納得できない。

健太はまた複雑な表情を浮かべた。助けを求めるように長江を見る。ただそれは、論理が破綻《はたん》して答えに窮《きゅう》したというものではない。あえていうならば「これ以上、言っていいですか?」と確認を取っているように見えた。長江は黙ってうなずいた。

健太は今度は熊井に向かってぺこりと頭を下げた。

「すみません。わかりにくいものの言い方をしてしまったようです。僕はひとつの前提条件を元に仮説を組み立てました。その仮説を説明しないから、わかりにくいんですね」

健太はゆっくりと、発音を明瞭にして言った。

「僕が考えた前提条件。それは、実は真知子さんは、長江さんに好意を寄せていたのではないかというものです」

熊井は「ええーっ?」とは言わなかった。しゃっくりのような音を出しただけだった。

それだけ健太の発言に驚いたということだろう。

「ちょっと、健ちゃん」

わたしが慌《あわ》てて止めた。「どうしてそんなに飛躍するの？」

健太は頭をかいた。「やっぱり飛躍か」

「飛躍よ」

「うーん」健太は困ったような顔をする。その顔のまま、シャンパーニュを飲んだ。

「真知子さんのキャラクターを考えたら、その可能性が高いと思ったんだけどなあ」

「キャラクターって？」

「キャッチコピー」

健太は短く答えた。キャッチコピーは、真知子が友人を紹介するときに付ける、その人の素質や能力のことだ。でも、それがどうしたというのだろう。

「真知子さんには、一芸に秀でた人間を友達に選ぶ傾向があった。魅力のある人を友達にしようとするのは、誰しも考えることだ。だからそれ自体は問題ではないんだけど、僕が引っかかったのは、彼女自身には美人という以外に取り柄がないことだ。正確には、真知子さん自身はそう思い込んでいた。しかも彼女は夏美が『真知子には顔があるじゃんか』って言ったら、『そう。それだけ』とあっさり認めたんだろう？　しかも居直ったように。

そこに向上心は感じられない」

「……」

「そんな人が優秀な人間を友達にしようとするのは、どういう心理なのか。友達に倣《なら》って自分を高めようというよりは、優秀な人間に囲まれることによって、自分も優秀な人間であるかのように振る舞いたがるのではないか——僕はそう考えた。不幸なことに、彼女は美貌《びぼう》という武器を持っていた。性別を問わず、彼女は友達を作りやすい環境に置かれていたんだ。つき合いの浅い友人ならいくらでも寄ってくる。優秀な人間が周囲にいることがあたりまえになってしまって、彼女は自分を高める必要がなかった」

健太は会ったこともない女性に対して、ひどいことを言っている。その自覚があるのか、苦い顔をしてシャンパーニュを飲んだ。そんな顔をして飲んだって、おいしくはないだろうに。

けれどわたしには健太の仮説が理解できた。明るく社交的な真知子。彼女は自らを美貌の中はからっぽだと自覚していた。だからこそそれを埋めるために、友人たちの力を必要とした。それは、現実の彼女を知っているわたしにとって、納得のいくものだった。おそらく長江も熊井もそう考えているのだろう。どちらからも反論は出なかった。

健太はグラスを置いて、話を再開した。

「そんなキャラクターである真知子さんが彼氏を選ぶとき、どのような選択基準になるんだろう。周囲の友人たちはみな優秀だ。ならば、その中でもとびっきり優秀な人間を選ぶんじゃないかと考えた。とびっきり優秀な人間。それは誰だ。ほら、夏美の目の前にいるだろう？『悪魔的な頭脳を持った』というキャッチコピーができるほどの友人が」

「揚子江……」

熊井がつぶやいた。

わたしも長いつき合いの友人を見つめた。長江はあいかわらず静かにシャンパーニュを飲んでいたが、その物腰にわずかに硬いものが感じられた。それはつまり、健太の仮説が正しかったということなのだろう。

「冬木さん、ちょっとストップ」

熊井が大声と共に両手を振った。

「真知子が揚子江のことを好きだったというのはわかります。じゃあ、どうして揚子江はそれを受けなかったんですか？　美人に好かれてけっこうなことじゃないですか。なぜわざと失敗までして、美人に嫌われる必要があったんですか？」

もっともな質問だったけれど、健太はゆるゆると頭を振るだけだった。

「熊井さんには、わかっているんでしょう？」

「わかりませんよ」

熊井は下唇を突き出した。健太はまた頭を振る。

「理由はおそらくふたつあります。ひとつは、長江さんは真知子さんのことを友人としては見ていても、恋愛の対象とは見ていなかったからでしょう。長江さんの好みをどうこう言う気はありませんが、少なくとも、自分の美貌に甘えて、自分自身を高めようとしない女性は、対象外だった」

長江が力なく笑った。僕はそれほどたいした人間ではありませんよと言いたげに。

長江の反応を軽く流して、健太は話を続けた。

「理由のふたつ目は、こちらが最大のものだと思いますが、長江さんには既に好きな人がいたからでしょう。もちろんそれは真知子さんではありません。夏美でもありませんね。『煙なんて気にならなくなるまで飲めばいいんだ』などとのたまう人間は、友人としては最高ですが、長江さんには向きません。僕がせいぜいといったところです。長江さんが好きになったのは、全能力を使って自分に向かってきてくれる人。文句を言いながらも傍にいて、お互いを高めようとしてくれるような人。類《たぐい》まれに優秀な頭脳を持った長江さんは、そんな人でないと満足できなかった。つまり——」

健太は熊井に微笑みかけた。

「熊井さん。あなたのような女性です。長江さんはその頃から、あなたのことが好きだったんでしょう」

ワンルームマンションには、またしても沈黙が落ちた。わたしはにやにやしながら、健太は優しい目で熊井を見ていた。その熊井は硬直している。自分の心情を暴露された長江は、ほんの少しだけ苦笑のような表情を浮かべている。

「大学二年生だった長江さんは、頭脳は今と変わらなくても、精神的にはまだ少年の部分を多く残していたでしょう」

静かな部屋に、健太の声だけが響いた。

「いくら美人に好かれたところで、目の前に好きな女の子がいるのに、デレデレすることはできない。好意を寄せてくれているのに大変申し訳ないけれど、ここはひとつ自分に失望してもらおうと思って、わざと湿った枝を燃やしたんです。幸いなことに、身近にフォローしてくれる友人がいる。樋山さんです。煙を出す以外に長江さんがどのような誘導をしたのかはわかりませんが、真知子さんは思惑どおり長江さんにがっかりし、そこに生じた心の間隙《かんげき》に樋山さんが入りこんだ。ですから長江さんは友人の女性の心を傷つけることなく、上手に恋愛対象をすり替えさせて、幸せになってもらったのです」

健太の話を、熊井は唇を嚙《か》みしめて聞いていた。彼女はわたしの友人の中でも聡明な部類に属するけれど、恋愛に対する勘は鈍《にぶ》いようだ。あの頃、まさか真知子が自分の恋敵《こいがたき》だったなんて、想像もしなかったのだろう。今の反応が、それを証明している。

それにしても、と思う。長いつき合いの友人である長江は、美人に言い寄られてもまったく動じず、相手を傷つけないように自分と熊井の恋心を護った。そしてそれを他愛《たわい》のない昔話から見破ったのは、わたしの夫だ。わたしの身近には、これほどすごい男性がいるのだ。これは幸運と言っていいだろう。でも。

「でもさ」

わたしは健太に言った。

「健ちゃんってば、あのキャンプは真知子たちにとって特別なだけじゃなく、わたしたちにとっても特別な日って言ったでしょ？　今の説明だけじゃ、わたしたちにとっての特別な日にならないよ。だって、長江くんが好きな相手を変えなかったというだけだから。特別と言うほどのことじゃない。どうして特別な日なの？」

わたしの指摘に、健太は意外なほど不愉快な顔をした。「僕の口からは言えないよ」

「まあ、そうでしょうね」

わたしはにんまりと笑う。健太の話を聞いているうちに、彼の言いたいことがわかったのだ。

ようやく自分を取り戻した熊井がわたしを睨む。

「なんなんだよ、いったい」

やれやれだ。このぶっきらぼうな言葉遣いときつい性格さえなければ、男なんてよりどりみどりだろうに。真知子とはタイプが違うけれど、熊井も間違いなく美女の部類に入るのに、惜しいことだ。まあ、長江にとってはいいことなんだけど。

「あのね」わたしは口を開いた。

「健ちゃんが説明してくれたように、若かりし頃の長江くんは、美女の誘惑を振り切って、あんたへの想いを全《まっと》うしたわけだよ。そしたら、神様がご褒美《ほうび》をくれたんだと思うよ」

「なんだよ、神様のご褒美って」

わたしは意地悪な微笑みを大きくした。

「決まってるじゃないの。想いが報われたのよ」

熊井が眉をひそめた。「あのとき、わたしは別に告白してないよ」

そう言うと思った。

「してるよ。はっきりと」

「してないって」

まだ言うか。じゃあ、とどめを刺してやる。

「熊さん、よく思い出してよ。長江くんが作り出した煙に巻かれたとき、熊さんはなんて言ってた？　長江くんを相手に煙にまみれた自分を嗅いで、『この匂いを肴に飲めるな』って絡んでたじゃないの。それって聞きようによっては、とんでもない意味になるでしょ？　実際、あのとき長江くんはのけぞってしまった」

みるみるうちに熊井の顔が真っ赤になった。

「違うっ！」

熊井が叫んだ。

「違うって！　わたしは別にそんな意味で言ってない！　『わたしを食べて』なんて、これっぽっちも思っていなかった！」

わたしは余裕の笑みを浮かべる。

「あらあら。わたしはそこまでは考えてなかったんだけどなあ」

熊井はもう何も言えずに、口をぱくぱくさせるだけだ。完全勝利。熊井相手にここまでの勝利は久しぶりだ。シャンパーニュとスモークサーモンから話を発展させて、よく熊井の本心までたどり着いたものだ。これだから酒はやめられない。

わたしはシャンパーニュのボトルを取り上げた。全員のグラスを満たすと、ちょうど二本目のボトルも空《から》になった。

「まあまあ、結局そのときの気持ちが長江くんに伝わって、それが今日につながったんじゃない。健ちゃんの言うとおり、やっぱりあのキャンプは特別な日だったのよ」

わたしはグラスを掲げた。

「もう一度乾杯しましょ」

健太は目を細めて、長江は苦笑しながら、熊井は憮然としてグラスを掲げた。わたしが乾杯の発声をする。

「長江くん、熊さん、――結婚おめでとう」

解説――Rのつかない月も気をつけよう

作家 田《た》中《なか》芳《よし》樹《き》

ミステリーと飲食物とは相性がよろしい。

などということは、筆者が生まれるはるか以前からの常識で、もし「ミステリーと飲食物とは無縁であるべし」などという原則があったとしたら、あの名作も、この傑作も、存在しなかったにちがいない。それを思えば、「グルメ・ミステリー」なるジャンルまで形成されている現実は愉《たの》しいことだ。

ではさて、この『Rのつく月には気をつけよう』は、いわゆる「グルメ・ミステリー」の範疇《はんちゆう》にはいるのだろうか。だとしたら、筆者の仕事もずいぶん楽になるのだが、そうはいかない。「むしろ恋愛ミステリーじゃないか」という読者もいるだろうし、心理ミステリーとか、ユーモアミステリーとか、いやこれこそ本格と主張する人ももちろんいるだろう。

凡人が高山の全容を見わたすのは困難かつ不遜《ふそん》なことであるが、石持浅海《いしもちあさみ》という人は、ジャンルの境界線上でタップダンスを踊って、足を踏みはずしたことのない人である。軽妙さと確実さという両立しがたいステップを、やすやすと踏んでみせる。苦労を観客に見せないのがプロの至芸というものだろう。

『Rのつく月には気をつけよう』を読んで、早々に筆者は吹き出してしまった。作者の術中にまんまとはまり、はまったことが嬉《うれ》しくて、笑ってしまったのだ。それは謎とは直接、関係ないのだが、主要登場人物のひとり熊井《くまい》渚《なぎさ》が長江《ながえ》高明《たかあき》を「揚子江《ようすこう》」と呼ぶ場面である。

作者があえて説明しない事情を解説で説明するのは無粋《ぶすい》のきわみなのだが、犯人の正体が知れるというわけではないから、ご容赦《ようしゃ》いただきたい。中国最大、世界第三の大河は、古来、「長江《ちょうこう》」と呼ばれていた。それが近代の一時期、「揚子江」と呼ばれたのだが、これは「長江」下流の一部分を指《さ》すにすぎない。現在では日本でも正しく「長江」と呼ばれている（しかし小学生用の地図帳に「チャン川」と書いてあるのはゆるせないぞ。「江」と「川」では意味もスケールもちがうのだ）。

したがって、熊井が長江をわざわざ「揚子江」と呼ぶときには、相手を実体より矮小《わいしょう》化する意思があきらかで、反発や皮肉や異論をしめす記号としてたくみに機能している。

この一見ささやかなセンスが、筆者にとってはじつにこころよく、また羨望《せんぼう》を禁じえないところである。「揚子江」の一言で、そらこれから火花を散らす推理合戦がはじまるぞ、という期待が高まるのだ。それも、おいしそうな匂《にお》いとともに。

それにしても、『Rのつく月には気をつけよう』という連作の解説を筆者がつとめるのは、かなり皮肉なことである。筆者は若いころ（なんてことを書く齢《とし》になっちまったよ）、つきあいていどには酒を飲めたのだが、一九九九年七の月に空から恐怖の大王が降りてきて、筆者を病院に放りこんでしまった。それ以来、体内にとりこんだアルコールの量は、合計しておチョコ一杯ぐらいのものである。じつはそれでべつに哀《かな》しくもなかったのだが、『Rのつく月には気をつけよう』を読むと、自分はたしかに人生の愉しみの半分をなくしてしまったのだなあ、ということが、しみじみと実感できてしまうのだ。

『Rのつく月には気をつけよう』は表題作をふくむ七つの短篇によって構成され、各篇にはそれぞれひと組の「酒とサカナ」が登場して開幕のベルを鳴らす。

シングルモルト・ウィスキーと生ガキ。ビールとお湯なし（！）チキンラーメン。白ワインとチーズフォンデュ。泡盛《あわもり》と豚の角煮《かくに》。日本酒とぎんなん。ブランデーとそば粉のパンケーキ。シャンパーニュとスモークサーモン。七つ、いわば虹《にじ》色のとりあわせ。

即座に納得するものもあれば、意表を衝《つ》かれるもののもあるが、いちばん貧乏くさい（笑）

のは、ビールとチキンラーメン。じつはこれ、筆者の知人もやったことがあるそうだが、ビールにはたしかに脂《あぶら》っこいものがよく似あう。イギリスだとフィッシュ&チップス、ドイツだと焼きソーセージにフライドポテト、中国の青島《チンタオ》ビールだと餃子《ぎょうざ》もいいが、ピーマンと挽肉《ひきにく》の炒《いた》めものもいいぞ……って、あ、ちょっと哀しくなってきた。話題を変えよう。

石持浅海さんは、『月の扉』、『ガーディアン』、『扉は閉ざされたまま』、『温かな手』、『BG、あるいは死せるカイニス』などの傑作群において、設定の特異さを高く評価されてきたように思う。人間以外の存在が探偵役をつとめる作品もある。ただそれだけなら、もっと極端な例がライトノベルスやコミックなどにはいくらでも見られるが、石持さんの作品とはまったく方向性がちがう。

どうちがうのだろう。

『ガーディアン』を拝読したとき、筆者が想起した作品は『DEATH NOTE』だった。この、コミックとしても映像としても熱狂的な支持を受けた作品は、努力や苦労なくして身につけた特異な能力が、主人公を暴走させ破滅させるありさまを、華麗かつ非情に描いていた。それに対して、『ガーディアン』の主人公たる母娘の、何と自省的で抑制的なことか。そしてその抑制が、周囲の人物たちのささやかな狡猾《こうかつ》さや汚れた奸智《かんち》を呼びおこしてしまうというアイロニー。みごとというしかない。しかもけっこう血なまぐさい場面を描きながら、ゆるぎのない端正な筆致によって読者を説得してのけるのだ。

それにくらべれば、地味で日常的に見えるかもしれないが、『Rのつく月には気をつけよう』も、たしかに石持さんの作品以外の何物でもない。

事件や、人物の言動の謎を、論理的に分析してゆく。それが人物の心理の分析へとすすみ、ときとして「感情」という底なし沼の分析にまで至る。その過程《みちすじ》のたしかさ、隙《すき》のない説得力、それらが最終的にもたらす余韻《よいん》の深さ。いっさいが、まさしく石持ワールドなのであって、心地よく読者をほろ酔いかげんにさせてくれる。

ことに今回、全七篇に通底するもうひとつのテーマは「恋愛」であるから、感情を分析して言動の必然性を立証してゆく探偵役の冴《さ》えが一段と心地よい。七篇中六篇で探偵役をつとめる「揚子江」氏は、悪魔に魂《たましい》を売ったそうだが、なかなか人情の機微《きび》に通じた洒《しゃ》脱《だっ》な悪魔に気に入られたにちがいない。だいたい大洪水やら火の雨やらで人類をほろぼそうとするのは神のほうで、悪魔は人類と共存しようとするものである。その「揚子江」氏が第七篇ではみごとに感情と言動を分析されて、意外な結末を迎えるのだから、まったく洒脱な一冊というしかない。

石持さんの作品に接するたび、「清潔感にささえられた奇想」に感銘を受けるし、その作品世界が多くの読者に支持されていることを心づよく感じる。石持さんの作品にはすでに映像化されているものがあるが、もし『ガーディアン』の「栗原《くりはら》円《まどか》の章」あたりがアニメ化されたら、ヒロインには熱狂的なオタクファンがむらがるにちがいない。原作者やヒロインには迷惑かもしれないが、悪魔はほくそえむことだろう。経験者の立場からいえば、Ｒのつかない月であっても、用心するにしくはない。

二〇一〇年七月末日

（この作品『Rのつく月には気をつけよう』は平成十九年九月、小社から四六判で刊行されたものです）

Rのつく月には気をつけよう

一〇〇字書評

切・り・取・り・線

購買動機（新聞、雑誌名を記入するか、あるいは○をつけてください）	
□（	）の広告を見て
□（	）の書評を見て
□ 知人のすすめで	□ タイトルに惹かれて
□ カバーが良かったから	□ 内容が面白そうだから
□ 好きな作家だから	□ 好きな分野の本だから

・最近、最も感銘を受けた作品名をお書き下さい

・あなたのお好きな作家名をお書き下さい

・その他、ご要望がありましたらお書き下さい

住所	〒				
氏名		職業		年齢	
Eメール	※携帯には配信できません		新刊情報等のメール配信を 希望する・しない		

この本の感想を、編集部までお寄せいただけたらありがたく存じます。今後の企画の参考にさせていただきます。Eメールでも結構です。

いただいた「一〇〇字書評」は、新聞・雑誌等に紹介させていただくことがあります。その場合はお礼として特製図書カードを差し上げます。

前ページの原稿用紙に書評をお書きの上、切り取り、左記までお送り下さい。宛先の住所は不要です。

なお、ご記入いただいたお名前、ご住所等は、書評紹介の事前了解、謝礼のお届けのためだけに利用し、そのほかの目的のために利用することはありません。

〒一〇一‐八七〇一
祥伝社文庫編集長 清水寿明
電話 〇三（三二六五）二〇八〇

祥伝社ホームページの「ブックレビュー」からも、書き込めます。
www.shodensha.co.jp/bookreview

祥伝社文庫

R《アール》のつく月《つき》には気《き》をつけよう

平成22年9月5日　初版第1刷発行
令和5年3月15日　第5刷発行

著　者　石持浅海《いしもちあさみ》

発行者　辻　浩明

発行所　祥伝社《しょうでんしゃ》
東京都千代田区神田神保町3-3
〒101-8701
電話　03（3265）2081（販売部）
電話　03（3265）2080（編集部）
電話　03（3265）3622（業務部）
www.shodensha.co.jp

印刷所　萩原印刷
製本所　ナショナル製本

 ISBN978-4-396-33605-9 C0193

祥伝社文庫の好評既刊

恩田　陸
puzzle〈パズル〉
無機質な廃墟の島で見つかった、奇妙な遺体！　事故か殺人か、二人の検事が謎に挑む驚愕のミステリー。

恩田　陸
象と耳鳴り
上品な婦人が唐突に語り始めた、象による殺人事件。少女時代に英国で遭遇したという奇怪な話の真相は？

恩田　陸
訪問者
顔のない男、映画の謎、昔語りの秘密――。一風変わった人物が集まった嵐の山荘に死の影が忍び寄る……。

近藤史恵
カナリヤは眠れない
整体師が感じた新妻の底知れぬ暗い影の正体とは？　蔓延する現代病理をミステリアスに描く傑作、誕生！

近藤史恵
茨姫《いばらひめ》はたたかう
ストーカーの影に怯《おび》える梨花子《りかこ》。対人関係に臆病な彼女の心を癒《いや》す、繊細で限りなく優しいミステリー。

近藤史恵
Shelter
心のシェルターを求めて出逢った恵といずみ。愛し合い傷つけ合う若者の心に染みいる異色のミステリー。

祥伝社文庫の好評既刊

原 宏一　東京箱庭鉄道

二十八歳、技術ナシ、知識ナシ。いまだ自分探し中。そんな〝おれ〟が鉄道を敷く!?　夢の一大プロジェクト!

原 宏一　佳代のキッチン

もつれた謎と、人々の心を解くヒントは料理の中に?　「移動調理屋」で両親を捜す佳代の美味しいロードノベル。

東野圭吾　ウインクで乾杯

パーティ・コンパニオンがホテルの客室で毒死!　現場は完全な密室…。見えざる魔の手の連続殺人。

東野圭吾　探偵倶楽部《くらぶ》

密室、アリバイ、死体消失……政財界のVIPのみを会員とする調査機関が、秘密厳守で難事件の調査に。

百田尚樹　幸福な生活

百田作品史上、最速八〇万部突破!　圧倒的興奮と驚愕、そして戦慄!　愛する人の〝秘密〟を描く傑作集。

森谷明子　矢上教授の午後

オンボロ校舎は謎だらけ!?　続発したささいな事件と殺人の関係は?　異色の老学者探偵、奮戦す!